Le pouvoir des cinq terres ...

Le pouvoir des cinq terres …

Tony DINAND

Saint Maximin la Sainte Baume
Nouvelle rédigée de mars à mai 2021

© 2021, Tony DINAND
Édition : BoD – Books on Demand, 12/14 rond-point des Champs-Élysées, 75008 Paris
Impression : BoD – Books on Demand, Norderstedt, Allemagne
ISBN : 9782322401277
Dépôt légal : Novembre 2021

"Vis comme si tu devais mourir demain,

Apprend comme si tu devais vivre toujours"

Mohandas Karamchand Gandhi

Avant-propos

Il y a des lieux qui vous collent à la peau, ils dégagent des effluves profondes et intenses qui remontent depuis la nuit des temps, et lors de petits événements font resurgir des souvenirs intenses et vous promènent dans ce monde plein de fracas.

Lors de mes promenades dans la belle et douce Provence, j'ai toujours ressenti des bonheurs immenses, la nature se chargeait à chaque fois de me rappeler à ses bons souvenirs, il faut dire que toute mon éducation avait été guidée par un père qui ne se souciait pas toujours du bien-être de chacun, mais qui enseignait assez facilement tout ce qu'il avait observé de cette nature généreuse et protectrice. Il la pratiquait quotidiennement au travers de ses obligations nourricières, où le jardin était son refuge, ainsi qu'au travers de ses passions inassouvies, voyages, pêche en rivière ou exceptionnellement au bord de la mer. Quant à ma chère maman, elle suivait cette vie difficile et harmonieuse, et m'enseignait à son tour d'innombrables petites choses, avec beaucoup de bon sens écologique et pratique. Sans le savoir, elle faisait partie de ce grand mouvement protecteur d'une nature essentielle, qu'elle ne soupçonnait pas encore.

Ce sont tous ces souvenirs agrémentés de mes propres passions et de ma vision du monde que je vais vous conter ici avec ces personnages attachants que j'ai rencontrés dans les méandres de mon imagination au cours de mes pérégrinations solitaires, entre collines de l'arrière-pays Aixois, montagne Sainte Victoire, côte méditerranéenne, et grand pays de Provence jusqu'aux contreforts des Alpes de Haute Provence.

C'est toujours en quête de hauteur que mes pas m'ont emmenés joyeusement, que ce soit en campagne autour de Pourrières et de Puyloubier, que ce soit aussi au pied de la Sainte Baume, ou dans le pays au-dessus de Riez, ou encore plus loin vers la Palud-sur-Verdon, ou de l'autre côté dans le pays des Alpilles. Je prenais toujours le temps de consulter les cartes avant de partir, avec pour but de grimper quelque part, avec pour choix visuel ces hauteurs qui me faisaient dominer le monde d'en bas. J'avais trop longtemps habité le pays plat et monotone de l'Anjou, j'avais besoin de m'évader, de prendre de la hauteur comme je le faisais dans ma jeunesse en allant dans les Pyrénées, sur les grands sites de montagne comme le cirque de Gavarnie, ou le Pic du Midi d'Ossau, qui m'émerveillaient et me laissaient chaque fois sans voix.

J'avais retrouvé en plus confidentiel, le même plaisir en venant vivre dans cette merveilleuse Provence, le soleil y est généreux, les buts de promenades innombrables, et les paysages si variés, que j'y trouvais chaque jour du plaisir à vivre.

Pendant plusieurs années de découverte, de semaines en mois, je traversais la région en tous sens, sans but, pour la curiosité, l'envie de connaître, puis peu à peu je restreignais mes sorties vers des lieux favorables à la méditation, au retour sur soi, à l'approche d'une nature plus sauvage, pleine de poésie et de couleurs parfois. Chaque promenade devenait un but en soi, une recherche, soit avec une soif de découverte pour des lieux inconnus de moi, soit pour me ressourcer en revenant maintes et maintes fois dans les paysages que je connaissais par coeur, et qui me remplissaient pleinement d'un bonheur presque extatique parfois. J'avais toujours gardé en moi cette notion de chaleur météorologique, liée à l'accueil enthousiasmant des habitants de ces régions du sud. C'est là que je voulais être, c'est de là que je voulais partir pour explorer. C'est au travers de mes découvertes d'autres pays lointains, d'autres gens, d'autres coutumes, d'autres façons d'exister, que j'en avais conclu que la Provence, celle des vacances serait celle de ma dernière vie. C'était un choix ! ... celui de moments qui me permettraient de me retrouver.

Il m'avait fallu quelques temps pour m'y installer, m'y habituer, et les longues promenades solitaires ou à deux, mais jamais plus, m'avaient fait découvrir un patrimoine exceptionnel, des curiosités géographiques, des paysages que seul le contemplatif peut trouver beau et à son goût, au point de s'y laisser entraîner sans regret, pour y découvrir d'autres secrets encore plus profonds.

C'était au cours de trois années tumultueuses et mouvementées que je rencontrais ces amis imaginaires, qui aujourd'hui m'accompagnent encore dans certaines de mes sorties. Ils survenaient dans mes paysages comme si par magie ils venaient spécialement m'accompagner, comme si leur présence, aujourd'hui rare mais si forte, était le lien nécessaire que j'avais toujours voulu avoir avec ce pays, avec cette terre. Ils m'avaient appris tant de choses, ils avaient éveillé ma curiosité et m'avaient vraiment donné le goût de ce Sud si attachant quand on veut bien s'y intéresser.

Il y avait d'abord Émilio, l'ancien comme on l'appelait maintenant, l'homme de la terre profonde, celui qui ne voulait pas quitter son plateau du Cengle et qui vivait sa montagne comme si le monde ailleurs n'était pas à sa portée, le sang de la montagne Sainte Victoire coulait dans ses veines.

Puis Olivier le boute-en-train, on l'appelait couramment Olive. La quarantaine bien tassée, dynamique et insolente, il vivait à Aix-en-Provence et ne jurait que par sa ville, tout juste acceptait-il de descendre à Marseille et un peu sur la côte autour de Cassis, ne jurant que par ses amis et sa vie citadine.

Il était un ami proche de Fausto le fils d'Emilio, qui nous l'avait présenté autour d'un apéritif à la ferme, et en quelques sortes il faisait pour nous, le lien entre deux générations, ce qui nous a valu de nombreuses discussions agitées.

Et encore Dominique qui voulait absolument se faire appeler Doumé, par ceux qui ne le connaissaient bien. Fils d'expatrié Corse, il ne rêvait qu'au retour sur "son île", où il n'avait jamais vécu, et qui aimait plus l'arrière-pays qui lui redonnait l'espoir de retourner dans les montagnes de Corse près de Corte. À l'approche de la cinquantaine, il ne rêvait que de partir, sa générosité et son amitié sans faille m'avait été d'un grand secours parfois. Il nous avait rencontré, Emilio et moi, sur le marché de Rousset alors que nous étions en recherche de quelques plants pour nos jardins respectifs, et le contact rapidement établi, se transformait en relation de plus en plus suivie autour de la vie dans les collines, la campagne, et un peu les montagnes, ou plutôt les monts, autour de l'arrière-pays, puisque sa profession itinérante - il était dans la rénovation- l'emmenait jusqu'aux confins des petites villes de haute Provence. Lui aussi avait beaucoup roulé sa bosse, il aimait la terre et les gens généreux et vrais. Il m'emmenait parfois dans ses pérégrinations, me faisait découvrir cette région qu'il aimait avec passion, et surtout partageait avec moi la passion de la pêche à la truite sauvage dans les rivières de la grande région du Verdon autour de Castellane.

Il nous est arrivé de temps à autre, de tous nous réunir, le plus souvent chez Emilio, mais c'est souvent avec chacun d'eux en solo, que j'apprenais le plus, que je me familiarisais avec ce beau pays.
Tous étaient arrivés ici par accident, la vie avait décidé pour eux, l'emplacement de leur existence pouvait n'être que temporaire s'ils décidaient de partir ailleurs, ils y avaient parfois pensé, mais ils avaient fait leur vie ici avant tout, et connaissaient la région depuis tellement longtemps qu'ils en étaient des enfants légitimes.
J'avais pris le temps de les connaître, de respecter chacune de leurs paroles, j'avais aimé leurs expressions savoureuses, leurs modes de vie et je comprenais certaines de leurs douleurs …

Ma toute première rencontre fut celle d'Emilio, parce qu'il courait les collines et les chemins de la Sainte victoire comme moi, aux mêmes périodes et pour les mêmes raisons. Nous avions conclu une sorte de pacte d'amitié implicite, fait de nombreux partages de vie, de découvertes et de discussions autour de la famille, de la nature, de nos raisons d'aimer cette nature et cette vie.

Il était sûrement celui qui m'en avait le plus appris, sur les lieux que nous fréquentions assidûment, il avait conforté mes connaissances sur la nature autour de la montagne Sainte Victoire, et m'avait réconcilié avec la vieillesse prochaine qui ne me faisait plus peur, et que je trouvais supportable en sa compagnie pleine de sagesse. Il est vrai que j'avais quelques années de moins, et c'était pour moi un réel avantage quand il fallait arpenter les pentes caillouteuses. Néanmoins au cours de toutes nos promenades nous avions apprécié tous ces bons moments, et partagé beaucoup de petits bonheurs.

Aujourd'hui Emilio avait retrouvé sa famille au complet, il avait refait sa vie autour de cette famille lointaine aux États Unis, ce qui étaient encore loin et inconnu pour lui, il devrait s'y rendre dans le courant de l'année qui vient. Il gardait le contact le plus qu'il pouvait grâce à tous ces moyens modernes de communication, et nos rencontres étaient apaisées et sereines, il me parlait toujours de ses enfants comme s'ils étaient tout près. Ses pensées étaient toujours pleines de projets immédiats et à long terme, mais il avait des rêves plus que des buts, il savait que la vie ne pouvait pas tout lui donner parce qu'il le désirait.

Une promenade confortable au-dessus de la ferme d'Émilio ...

Depuis la fin des vacances mouvementées d'Émilio, nous avions pris comme règle de ne sortir ensemble qu'en semaine, pour éviter les innombrables allées et venues de touristes qui envahissaient de plus en plus les chemins. Il voyait ces cohortes de visiteurs du week-end comme une invasion, comme une privation aussi.

Il acceptait que d'autres viennent voir ce qu'il aimait le plus, mais avait beaucoup de mal à supporter les impolitesses des uns, les susceptibilités des autres, qui ne se gênaient pas parfois pour s'arrêter devant son portail et le bloquer. C'était encore plus l'absence de respect pour cette nature qui le faisait bouillir, il la protégeait à sa façon, en allant parfois jusqu'à ramasser les déchets et papiers jetés dans les buissons. Il était alors impossible de lui parler, la colère montait en lui, c'était un feu qui couvait depuis trop longtemps, et quand il n'en pouvait plus il se laissait aller à quelques éclats de voix envers ceux qu'il surprenait sur le vif, leur faisant comprendre que la montagne n'était pas leur poubelle, parce qu'elle était fragile, qu'elle apportait du bonheur à tous, et qu'il fallait alors avoir un minimum de respect, il ne voulait pas qu'elle devienne un produit de consommation.

Mardi matin, le numéro de téléphone d'Emilio avait fait résonner le mien plusieurs fois. Il avait envie de faire une promenade vers quelques hauteurs et insistait pour que je vienne l'accompagner.

C'était un mardi matin, bien ordinaire, un mardi de fin août avec du grand beau temps. La nature avait revêtu tous ses plus beaux atours sur la montagne, elle avait subi les sécheresses répétées et les coups de vents de Sud qui grillent les plantes fragiles, les privant du peu d'eau qui tombe du ciel à cette époque.

Pourtant en arrivant chez lui, je sentais qu'elle dégageait des forces incroyables, toute sa beauté resplendissait sur le ciel bleu uni, et nous promettait une belle journée pleine de sensations. Je n'étais pas encore arrivé à la ferme, que j'étais déjà étourdi par cet éternel ressenti intense qui n'appartient qu'à ce lieu, les couleurs du matin, la douce température avant les chaleurs, le léger voile atmosphérique au-dessus des cimes à l'Ouest qui baignait encore les pointes calcaires.

Emilio avait mis sa tenue de tous les jours, un vieux pantalon de velours râpé, qu'il mettait quand il faisait des travaux de jardinage, ou quand il allait aux champignons, et qu'il fallait s'agenouiller ou ramper dans les buissons pour ramasser le précieux butin offert par la nature.

— J'espère que la chaleur ne va pas trop monter me dit-il, j'ai mis une bouteille d'eau dans mon sac et hop on y va ! … il prit son chapeau de paille, de sa main gauche peignait ses cheveux vers l'arrière de la tête, et le vissait sur sa tête. Partant vers la voiture d'un pas décidé, il me dit que la chaleur n'attendrait pas, il fallait y aller maintenant, après dix heures tout serait blanc de lumière.
—Tu veux aller dans un endroit précis ? Lui demandais-je
— Oui aujourd'hui je voudrais retourner là où j'ai perdu mes vieilles lunettes, sur la colline au-dessus du Tholonet, tu sais là où poussent tous les iris jaunes. J'ai voulu y aller tout seul la semaine dernière et je suis tombé en butant mon pied sur une roche saillante. J'ai fait un pas trop long et je n'ai pas pu me rattraper, alors "bing bang", je me suis retrouvé les quatre fers en l'air, je n'avais pas l'air malin. Je ne me suis pas fait mal heureusement, mais en revenant ici, je me suis aperçu que mon sac était entrebâillé et les lunettes n'y étaient plus. Si tu pouvais m'aider à les retrouver, j'en serais vraiment heureux.
—Bon … on y va maintenant, chercher dans la nature ce n'est pas facile et là-haut c'est grand !
Nous sommes partis, le jour s'était levé depuis déjà longtemps, la lumière devenait vive et blanche et la promenade ne serait sûrement pas aussi belle que je l'avais prévue. Longeant la montagne par le chemin qui mène à Beaurecueil, nous avons continué jusqu'au Tholonet, Emilio restait presque silencieux, perdu dans ses pensées, très certainement à la recherche de l'endroit où il avait chuté. La 2CV ronronnait, il avait allumé son vieil autoradio à cassette, et l'air malicieux avait mis presque trop fort la symphonie n°40 de Mozart, il chantonnait en dodelinant de la tête au rythme des violons. Les fenêtres ouvertes nous laissaient percevoir les premières bouffées de chaleur. J'entendais plus que je n'écoutais les notes mêlées au bruit du moteur et aux faussetés mélodiques des vocalises d'Emilio qui n'y connaissait rien à la musique, mais qui la savourait même sans la comprendre. Je découvrais alors

qu'il connaissait certains morceaux classiques, et qu'il avait retenu jusqu'à certains phrasés qui l'emportaient dans des joies insoupçonnées, le faisant parfois chanter à tue-tête, même si c'était faux. Peu importe, il avait ce jour décidé d'être heureux, les petits malheurs de la vie quotidienne n'étaient rien alors, il se laissait porter par sa musique intérieure. J'imaginais parfaitement la scène pour ceux que nous aurions pu croiser sur la route, cette vieille guimbarde toutes fenêtres ouvertes et deux vieux fous écoutant du classique en dehors de toute raison. Je riais en même temps qu'il chantait, tous les bruits étaient devenus harmonieux, pour nous c'était le concert du bonheur qui résonnait et nous avions envie de le partager.

— Je me gare sous les platanes me dit-il en éteignant l'autoradio ...

Nous étions arrivés sur la grande place du Tholonet, les platanes majestueux débordaient de tous côtés, leurs feuillages denses laissaient à peine passer le soleil, et l'air qui descendait le long des rives de la Cause, apportait une fraîcheur agréable pour cette chaude journée.

— J'espère que personne ne nous a vu dans tous nos états, on va se faire traiter de fous ! ...

— Pas grave dit-il, la joie et la bonne humeur ça se transmet et c'est une bonne contagion ! ...

Nous avions pris le bord de la route pour rejoindre le chemin qui grimpe au-dessus du vallon où coule la rivière, Emilio marchait doucement, mais son rythme laissait penser qu'il allait bien dans son corps comme dans sa tête.

— Je suppose que tu as passé de bonnes vacances ... lui demandais-je

— Géniales ! Répondit-il du tac au tac, j'ai vraiment bien profité des enfants, ils ont été adorables avec moi, si bien que je ne savais pas où me mettre parfois. Tu sais, mon fils à fait un bon bout de chemin là-bas aux États Unis, et il a grandi en homme, je suis fier de lui. Il est loin, mais maintenant je le sens plus près de moi, heureusement que je peux lui parler facilement. Chaque semaine, chacun à notre tour, on s'appelle pour faire un simple brin de causette, juste pour se rappeler qu'on est bien ensemble. Il s'en veut d'être parti si longtemps sans donner de nouvelles, mais à l'époque il n'avait pas tout compris, désormais il rattrape le temps perdu et c'est tant mieux pour moi. Tu sais quand j'étais plus jeune, je ne sais pas si j'aurais eu le temps de l'écouter et avec autant plaisir !

Je regardais Emilio marcher à côté de moi, il n'avait plus la mine des mauvais jours, l'espoir de retrouver sa famille s'était mué en certitude, et il acceptait très bien cet éloignement. De sa main gauche croisée devant sa poitrine, il tenait la sangle de son sac qui passait sur son épaule droite, fermement, comme pour s'y retenir, il ne le lâchait jamais, on ne lui aurait pas volé.

— Que caches-tu dans ton sac lui demandais-je, trop curieux de savoir pourquoi il le tenait ainsi …

— Depuis que les enfants sont repartis, j'ai mis un petit portefeuille dedans, avec mes papiers, mais surtout avec une photo que m'a donnée Jenna, ils sont tous les trois dessus et je ne voudrais absolument pas la perdre comme mes lunettes, donc je serre le sac contre moi, c'est plus prudent !
…

Nous arrivions en haut du chemin avant le grand faux-plat qui monte longtemps entre les grands pins, j'étais assez loin devant Emilio, j'entendis qu'il soufflait un peu malgré tout, et je devinais qu'il avait besoin de s'arrêter. Le semblant de prairie rocailleuse qui montait était couvert d'une herbe rase et jaunie par l'excès de soleil, les arbres tout autour faisaient comme une clairière en pente, laissant entrevoir du coté Est, le sommet de la Sainte Victoire. Je m'allongeais, et attendant qu'il arrive, les bras grands ouverts au contact de l'herbe, je me laissais fondre dans cette atmosphère tiède. Les pins au-dessus de moi se balançaient doucement accompagnant un léger brin d'air qui remontait du cours d'eau au fond du vallon. Je fermais les paupières pour me laisser bercer par l'ambiance de cette fin de matinée chaude. J'étais si bien, que je n'avais pas envie d'ouvrir les yeux. Il y avait comme une douce musique dans cette nature intense, qui prenait toute mon attention, m'emportait comme dans un rêve éveillé sur un nuage de coton et de douceur. J'entendais les pas lents de mon ami, son souffle court, et son silence me disait qu'il avait besoin de se reposer. Derrière moi, dans la trouée du ciel, un vol d'hirondelles des murailles et quelques martinets, traversaient le ciel en criant, je regardais leurs arabesques dans l'air blanc et sec, sans y attacher d'importance particulière, attendant qu'Emilio vienne s'asseoir juste à côté de moi.

— Tu vas trop vite en montant me dit-il, j'ai eu un peu de mal à te suivre, mais si on peut rester un peu ici, je vais en profiter pour boire une gorgée d'eau fraîche …

Il s'asseyait doucement en pliant d'abord un genou, puis l'autre, avant de se poser sur son fessier, puis avalait bruyamment une grande gorgée d'eau fraîche. Il fouillait dans son sac, sortait sa précieuse photo pour me la tendre du bout des doigts …

— Tu vois me dit-il, la vie est un éternel recommencement, cette photo me rappelle celle que je t'ai montrée dans la boite en fer, malgré le temps qui passe, les images se répètent et j'ai comme l'impression d'y être. Parfois quand je vois tout cela, j'ai envie de penser qu'il y a comme une réincarnation des êtres, ils se suivent, se transmettent des valeurs, se ressemblent souvent, et de parents en enfants gardent les mêmes façons d'être. Quand je regarde mon fils, je vois aussi mon père, et dans cette photo faite là-bas au Montana, je vois un peu de mon pays, même si ce n'est pas le même lieu …

Il était pensif, absorbé par une réalité qui le dépassait, mais il percevait la grande histoire de la vie dans sa propre expérience, ses rêves avaient été ceux de son propre père, ses envies il les avait retrouvées chez son fils, et maintenant il voyait son petit-fils comme un chaînon supplémentaire, qui lui rappelait son fils Fausto, prêt à poursuivre leur longue histoire.

Je lui répondais, que nous n'étions pas maîtres des événements, ni des lois de la nature, et que certainement Dieu avait de grands projets pour nous, que dans sa sagesse infinie, il semait des miettes de chacun de nous dans notre descendance afin que rien ne se perde.

— Tu me fais trop rire me répondit-il, je ne crois pas trop à toutes ces balivernes, et puis je ne suis pas capable de comprendre le pourquoi de toutes ces choses. Je vis, j'essaye de ne pas trop me poser de grandes questions, et si possible j'essaye aussi de vivre heureux, sinon la vie ne servirait à rien. Dans tous les cas, ils me ressemblent tous les deux, comme je ressemblais à mon père et à mon grand-père et c'est dans l'ordre normal des choses.

Il reprenait sa photo et la remettait précieusement à sa place, il fermait le sac, le remettait à son cou et se levant m'invitait à aller regarder le paysage.

La pente douce menait quelques centaines de mètres plus haut à une ligne de roches grises qui dominait à gauche le grand creux de la Cause, que j'entendais couler tout en bas au fond du ravin qui rejoignait plus loin le barrage Zola, alimenté lui-même par le lac du barrage de Bimont.

À l'horizon, la face Ouest de la Sainte Victoire se détachait au-dessus des barres rocheuses qui plongeaient profondément en dessous de nous, et plutôt que d'aller plus loin, nous nous sommes assis sur les restes d'un grand pin calciné par la foudre, qui restait couché là, sans espoir d'un autre lendemain. Le ciel bleu, presque blanc parfois selon l'angle de vue inondait de lumière crue les vallons et sommets des collines alentours, il n'y avait finalement pas grand-chose à voir, et nous étions surtout venus dans l'espoir de retrouver peut-être la paire de vieilles lunettes d'Emilio.

Il n'en faisait pas cas, il regardait tout de même partout. Plutôt absorbé dans ses pensées, sans doute à cause de la fatigue, Il me dit :

— Quand les enfants sont venus, on a fait une petite fête avec les amis de Fausto, et j'ai revu Olivier son copain d'enfance …

— Tu as bien de la chance, je l'ai appelé le mois dernier pour faire une sortie de pêche à la truite, mais il n'avait pas le temps lui non plus. Il était en vacances avec ses parents qui étaient venus le voir à Aix, et il avait un programme très chargé. On s'est promis de faire une randonnée ce mois-ci, mais mieux vaut attendre encore, il fait trop chaud et il galope trop vite dans la garrigue, il est plus jeune que nous !

Emilio me regardait sans trop de conviction, je le sentais un peu perdu dans tout le fatras de ses souvenirs, il faisait le tri entre ceux de l'enfance de son fils, puis d'autres moments mémorables qu'il gardait en lui, qu'il avait partagé avec Olivier quand ils sortaient ensemble sur les collines à la recherche de champignons, où pour aller à la chasse aux grives en hiver.

— Tu sais c'est un drôle de gaillard me dit-il, il a une force incroyable et une sacrée résistance. Il me raconte ses parties de chasse qu'il faisait avec Fausto quand ils étaient jeunes, et je sais que je ne pourrais jamais marcher le dixième de ce qu'ils parcouraient. Quand je suis allé avec lui aux champignons, c'était l'an dernier, j'ai compris que je ne pourrais plus le suivre, il m'attendait tout le temps, m'encourageant à chercher les pieds de moutons dans les mousses de la forêt qui monte sur les pentes de la Loube. C'était devenu trop difficile pour moi, et après une heure et deux paniers presque remplis, j'ai renoncé et je suis redescendu, lui m'a laissé à la voiture et à continuer pendant une bonne heure de plus, il est revenu avec un grand sourire, il avait rempli son grand panier d'osier avec au moins deux kilos de chanterelles dorées, toutes fraîchement sorties de terre. Il dévalait la pente en courant alors que j'aurais été obligé de poser un pas après l'autre dans l'herbe glissante. Je ne suis pas surpris qu'il ne t'ait pas rappelé rapidement, il vit une autre vie que la nôtre, il n'a pas le même rythme, ou plutôt c'est nous qui avons ralenti.

Souriant de concert, nous faisions le constat que le corps vieillit plus vite que les envies, que la jeunesse et la force s'épuisent aussi, et que notre soi-disant sagesse, n'était en fait qu'une solution d'attente pour savoir se contenter de ce que le temps et la nature nous offraient. Nous étions d'accord sur le fait que la patience et le savoir des anciens étaient surtout la résultante de nos faiblesses et de tout un apprentissage de la vie qui nous mène à faire attention, car tout devient plus difficile.

— Tu vois … j'aime beaucoup ce gamin me dit-il, il est franc, il parle fort, mais il ne ment pas et en plus c'est le plus grand copain de mon fils. Quand il vient me voir, on parle beaucoup de son enfance et de Fausto, lui aussi regrette un peu qu'il soit parti si loin, mais il comprend ses peines, et il admire son courage d'avoir fait ce si long voyage pour se reconstruire. D'ailleurs si j'ai bien compris, aux prochaines vacances il ira lui aussi chez mon fils, pour visiter un peu le Montana. J'aurai ainsi un lien affectif plus grand avec lui, il est un peu comme un deuxième fils !

Emilio était un homme pragmatique, plein de ressources, et toujours il envisageait les meilleures solutions, il trouvait toujours que la vie était belle, il ne ressassait pas de vieux souvenirs par ennui ou par peur, il voulait seulement ne pas oublier, et surtout profiter encore de ce qui lui restait en mémoire comme lorsqu'on regarde un beau film qui vous émeut.

— Tu as raison, c'est un type formidable, j'ai toujours aimé son ouverture d'esprit, il est vif et intelligent, je comprends qu'il soit ami avec ton fils, ils vont bien ensemble. Moi aussi je l'ai rencontré grâce à Fausto, je te raconterai plus tard, pour l'instant il faut retrouver tes lunettes !

Lentement le soleil finissait sa course au zénith et entamait déjà sa course vers l'Ouest, il était plus de midi et la faim commençait à me tenailler. La montagne au loin, devenait blanchâtre, les brumes de chaleur montées depuis quelques heures finissaient de blanchir l'horizon, on ne pouvait plus voir qu'une silhouette bleutée se détacher sur les lointains blancs. Partout autour de nous une chaleur sèche brûlait doucement toutes les plantes fragiles devenues jaune paille, le vent du Sud coulait doucement dans la cime des arbres rabattant sur terre une sensation de chaleur écrasante. Après avoir cherché en vain les lunettes perdues, je disais à Emilio qu'il n'y avait aucune chance de retrouver quoique ce soit dans ce fouillis de branches, de cailloux, d'herbes sèches et de bruyères desséchées.

— Viens Emilio, ce n'est plus l'heure de chercher, il fait trop chaud, tu vas attraper mal en haut, il fait vraiment trop chaud maintenant et au soleil de douze heures ce sera encore pire.

Il m'écoutait en maugréant…

— Il faut croire en sa chance dit-il… j'ai toujours retrouvé mes affaires !

Il continuait ses recherches et finalement nous sommes descendus lentement, le regard vissé au sol, dans l'espoir d'y faire trouvaille.

La colline abrupte laissait place au chemin escarpé et cailouteux, Emilio faisait désormais attention à chaque pas, il évitait les pierres qui roulent sans prévenir, les plus petites, les plus traîtres, celles que l'on ne soupçonne pas. Il posait ses pieds en travers du chemin et non pas en avant comme beaucoup font, et la lente descente aidant nous nous sommes vite retrouvés presque en bas au bord de la route.

— Tu vois aucune chance de retrouver tes lunettes, l'espace de la montagne est trop grand pour une si petite paire de lentilles en verre cerclée d'un fin fil de métal doré, elles passent inaperçue au milieu des herbes sèches !

Il était dépité, mais relevant le regard au loin il défiait encore le temps de cette journée, il cherchait encore, invoquant le ciel de l'aider.

— On ne va pas tout de même pas rentrer sans les retrouver !

Sur le bord du chemin, au croisement de celui d'où l'on venait et avec celui qui monte au barrage Zola, dans le

dernier virage de terre, il y avait un gros caillou ocre, il servait de banc à tous les promeneurs en quête de repos et Emilio s'y était assis, prenant quelques instants de répit …
Tout à coup, Il se levait d'un bond et criait …
— Regardes, tu vois j'avais raison, il faut toujours croire en sa chance !
Juste en face de lui, sur le grillage qui entourait la dernière maison, quelqu'un avait eu l'intelligence d'accrocher les lunettes avec un brin de paille pour qu'elles ne tombent pas. Emilio traversait le chemin, descendait doucement dans le petit fossé et prenait avec précaution sa vieille paire de lunettes, il avait un sourire si radieux que jamais je ne lui avais vu un tel plaisir instantané sur le visage, un vrai gamin à vrai dire, qui retrouve un jouet perdu depuis longtemps.
— Je reconnais que tu as de la veine comme on dit ! … bien loin de moi de penser qu'elles pouvaient être là, tu pourras toujours dire merci à celui qui à eu la finesse de les attacher là !
Il riait de bon coeur, il avait ce sentiment que l'on a, quand on sait avoir eu raison, même si la chance fait partie de l'événement.
— Et bien voilà … on n'est pas venu pour rien, je le savais, maintenant on va rentrer, il est temps de déjeuner, je te propose de rester avec moi pour un bon casse-croûte à l'ombre sous la tonnelle avec une bonne bouteille de rosé, tu ne peux pas refuser, j'ai préparé un lapin en gibelotte, tu m'en diras des nouvelles …
Nous étions les derniers à quitter le parking sous les grands platanes, les feuilles bruissaient doucement, la chaleur devenait écrasante et plus personne n'avait envie de traîner au soleil. Le chemin du retour vers la ferme fût plus calme qu'à l'aller, les fenêtres de la 2CV grandes ouvertes, ne suffisaient pas à nous rafraîchir, les arbres le long de la route avaient pris des teintes grises, les feuilles surchauffées au soleil de treize heures baissaient la tête, les oiseaux ne se faisaient plus entendre, l'air chaud avait tout envahi comme une lente rivière épaisse qui insinue ses eaux profondes et

sombres dans les moindres interstices entre arbres et rochers, glissant depuis les hauteurs du ciel jusqu'au plus profond des failles de la terre. C'était à se demander, si quelque part on pouvait trouver refuge au frais.

Nous arrivions vers treize heures trente au portail chez Emilio, il faisait crisser les pneus presque lisses de sa voiture sur le gravier en freinant brutalement comme pour me secouer, et criant joyeusement …

— Tiens c'est pour te réveiller, tu ne dis plus rien, aller on va vite fêter tout ça, je suis content aujourd'hui, j'ai accompli ma tâche du jour, et c'est un peu grâce à toi qui est venu avec moi !

Nous riions en même temps, Emilio avait remis ses vieilles lunettes sur ses yeux, et faisait quelques grimaces en se regardant dans le rétroviseur, avant de descendre de la voiture, et d'un pas presque alerte rejoignait vite la maison. Je traînais quelques secondes, la chaleur ne me gênait pas, le ciel tout bleu me réconfortait, le soleil plombait le paysage des collines devant moi dans sa blancheur d'été habituelle à cette saison. Les fleurs de printemps avaient disparu du jardin, tout autour des carrés de salades et de choux d'été, les herbes avaient poussé leurs longues tiges restées vertes encore parce qu'Emilio arrosait son jardin sans compter. Il avait, comme chez tous les anciens, un très vieux puits profond qui descendait loin dans la roche et qui lui donnait une eau pure et fraîche en abondance, qu'il pouvait utiliser sans compter. La planche de pommes de terre avait fini sa pousse en tige et les feuilles fanées et jaunies indiquaient qu'il était temps de récolter les dernières patates restées en terre.

— Viens, je t'attends, je t'ai servi un verre de rosé bien frais nous l'avons bien mérité !

La fraîcheur gouleyante du vin, nous réconciliait avec la chaleur intense, nous étions bien à l'ombre sous la tonnelle toute en feuilles encore bien vertes.

Des retrouvailles aux allures de confidences ...

Tout en dégustant son verre de vin, Emilio reprenait doucement la conversation.

— J'ai passé une partie de l'été en solitaire endurci, quand les enfants sont repartis, et tout à coup j'ai imaginé ce que pouvait être le vide, le néant c'est quand on n'a rien à espérer et que le temps n'est plus que la seule perception qui nous tient en éveil. Vois-tu, j'ai compris cette douleur dont les autres me parlent, je l'ai imaginée. Ceux qui envient mon bonheur à être seul, ne savent pas combien j'ai dû faire d'efforts pour ne pas me laisser sombrer dans de tristes pensées.

Aujourd'hui j'ai trouvé un équilibre, précaire parfois il est vrai, et je ne me vante pas d'avoir réussi, tant je sais l'esprit fragile et malléable. Depuis toujours et surtout depuis que ma femme est partie, j'ai refusé de me laisser prendre par celui que j'appelle "le grand corbeau", l'ennui en fait, il te mène dans les méandres de tes pensées les plus noires et tu n'arrives plus à t'en sortir. Il y a une sorte de spirale à te laisser couler comme dans un tourbillon trop violent duquel tu ne peux plus sortir, tu finis par ne plus voir le jour. À l'époque j'avais trouvé une parade dans le travail, tout d'abord dans ma profession de commis agricole où j'ai donné toutes mes forces, parce que je ne m'entendais plus avec "elle", ma femme. Et quand nous avons divorcé, je suis devenu ouvrier agricole dans une coopérative de légumes, et elle est partie refaire sa vie avec un autre homme. Je n'ai plus de contact depuis et c'est mieux ainsi, je ne ressasse plus mes souffrances.

— La vie prend des tournants étonnants quand on y pense, lui dis-je, chacun vit une vie en pensant qu'elle sera belle, chacun dit qu'il est heureux, mais en fait chacun cache ses déboires, ses petites misères et n'en parlent que très rarement à l'extérieur du cercle très proche. D'autres comme ton fils, s'en vont ailleurs refaire une vie pour qu'elle ressemble à celle qu'ils veulent qu'elle soit, c'est le libre-arbitre.

— Oui, mais cette liberté coûte parfois, cher à ceux qui tentent trop, ou à ceux qui subissent la volonté des autres, sans trop s'en rendre compte …

Il me disait cela, sans arrière-pensée, il sirotait son verre de vin rosé tout doucement et semblait vouloir me dire que malgré ses propres souffrances, il avait su dépasser la morosité des temps, il avait adapté sa vie pour que s'éloigne les mauvais esprits, et s'était toujours tourné vers la nature réconfortante. Je le regardais dans cet instant plein de finesse, l'homme assis devant moi avait une passion débordante pour sa vie, pourtant il avait, comme tous, pris des coups, il avait enduré des souffrances intérieures bien plus graves qu'une jambe cassée, et pourtant il resplendissait au soleil de la Provence. Je ne le voyais pas comme un modèle, mais avec lui, je me confortais dans l'idée que l'adversité nous permettait toujours de nous dépasser, pourvu que l'esprit prenne le dessus et décide d'aller de l'avant.

— Alors tes enfants ont fait un beau séjour ici ?

Je changeais volontairement de conversation pour ne pas nous laisser philosopher trop longtemps à la chaleur …

— Attends un peu, je vais te raconter, mais d'abord la gibelotte, c'est que je commence à avoir faim !

Il était reparti dans sa cuisine, cherchait quelques couverts dans les placards, et revenait tout aussi vite avec un plateau où il avait tout préparé pour que l'on puisse se mettre immédiatement à table.

J'avais profité de ce court instant pour jeter un œil autour de la tonnelle, il avait installé un petit coin à l'ombre près de la maison avec un petit fauteuil et une petite table basse en bois, qu'il avait sûrement destinés à Luciano son petit-fils. Il restait sur le bois brut de la table quelques marques de crayons feutre de couleurs différentes que le petit avait laissé lors des vacances.

Tout en mangeant presque goulûment, Emilio regardait le ciel derrière lui, loin au-delà des collines …

— Ils sont si loin là-bas, c'est au bout du monde, ici il est quatorze heures, et chez eux il doit être encore environ six heures du matin, il y a huit heures de décalage et ils doivent encore dormir. Des fois quand je me lève, j'imagine que je pars et que je vais arriver juste pour réveiller mon petit-fils, drôle d'idée n'est-ce-pas ? Comme si je pouvais voyager tout seul dans le temps et l'espace !

— L'esprit est capable de beaucoup de prouesses lui rétorquais-je, je ne suis pas surpris que tu l'imagines, dommage que l'on ne puisse pas se téléporter !

Il me racontait alors le retour à l'aéroport de Marseille, tous ces gens qu'il avait vus partir en même temps, toutes ces valises pour des destinations à l'autre bout du monde. Il me disait avoir été autant effrayé, qu'émerveillé de cette possibilité de se déplacer sans contrainte partout dans le monde, lui qui n'avait que peu dépassé les limites de son territoire provençal. Il me disait aussi qu'après la longue attente dans les couloirs avant l'embarquement, il les avait vu partir pour monter dans l'avion qui les menait d'abord à Paris, et qu'au dernier moment le petit Luciano avait fait un grand signe de la main.

— Tu sais je me sens fort parfois, mais là j'ai craqué, j'ai pleuré tout seul dans mon coin à l'aéroport avant de reprendre le taxi qui m'a ramené à la maison …

Il était encore sous le coup de cette intense émotion, il regardait son verre à demi-plein, comme s'il regardait dans une boule de cristal, espérant y voir ses enfants. Ce départ avait été un crève-cœur, il n'avait jamais imaginé réellement que la séparation serait difficile, et éprouvante dans le temps. Elle générerait tellement d'attente, tant d'espoir, tant d'envie de se revoir, qu'il n'avait pas mesurer combien l'éloignement pouvait lui peser.

Pourtant depuis cet épisode, il semblait s'y être habitué, il avait pris l'habitude de téléphoner aux horaires que son fils lui avait indiqués, et il me disait avoir repris le cours de sa vie comme avant, les vacances étaient de très belles parenthèses qu'il acceptait comme telles, dans sa vie de chaque jour.

Je ne voulais pas continuellement en savoir plus, ses enfants étaient repartis et reviendraient l'année prochaine, ce serait long, mais l'idée lui plaisait, car il avait alors le temps de s'organiser, et je lui demandais alors …

— Tu as revu des amis pendant les vacances ?

— Oui c'est ce que je voulais te dire avant de manger et j'ai oublié, Olive est passé me voir il y a deux jours, il est resté un peu avec moi ici et nous avons passé de bons moments aussi.

Olivier, l'ami d'enfance du fils …

— Il m'a fait vraiment plaisir, je l'avais eu au téléphone juste avant que Fausto n'arrive, et il est passé juste après toi. Comme il ne pouvait pas rester, nous avons pris un verre et il est reparti en me promettant de revenir passer du temps avec moi. Tu sais c'est un chic type, c'est le meilleur "collègue" de Fausto, ils ont fait les quatre cents coups dans leur jeunesse.

Je racontais à Emilio comment je l'avais connu, et j'acquiesçais aux compliments qu'il lui faisait …

— Un jour ton fils est venu à la maison pour récupérer une canne à pêche, il voulait partir avec Olivier pour faire une virée sur les bords du Verdon. Je lui ai laissé ma canne pour pêcher au toc et ils sont partis en début de matinée, je lui avais dit qu'ils risquaient d'arriver un peu tard, mais tous les deux n'avaient qu'une idée en tête, celle de revenir avec du poisson, quelle que soit les conditions. Ils sont revenus au soir assez tard car la route est longue, mais ils avaient pris chacun une jolie truite ambrée avec des points bien rouges, de la sauvage clamaient-ils bien fort !

J'avais compris qu'ils étaient vraiment heureux et m'ont fait cadeau d'un joli poisson bien brillant, que j'ai mangé le lendemain en friture avec des amandes grillées effilées. Je me souviens que je me suis régalé. Je les ai invités à prendre un apéritif le surlendemain et c'est là que j'ai fait sa connaissance, de façon plus personnelle.

Olivier était un grand gaillard costaud, les muscles de ses avant-bras montraient sa force, il avait les épaules épaisses et larges et il portait sa tête bien droite sur un cou musclé. Ce que j'aimais le plus chez lui, c'était ce regard brun foncé, brillant, malicieux. Quand il me regardait, c'était toujours bien droit, il cherchait toujours la vérité au fond des yeux de l'autre, c'était un être d'une franchise extrême, et d'une grande politesse. Au début j'étais un peu intimidé, mais très vite il s'est montré affable et d'une gentillesse à laquelle je ne m'attendais pas.

— Ton fils a trouvé un véritable ami, et je comprends qu'ils continuent à se voir et à communiquer même aussi loin l'un de l'autre. Ils peuvent se retrouver ici !… Tu as au moins la chance de le voir plus souvent que ton Fausto, mais c'est comme ça !

— Oui je sais me répondit-il avec un sourire, heureusement qu'il est là, je le considère un peu comme un fils, il est toujours là quand j'ai besoin de lui, en plus il est fort comme un bœuf !

Je continuais mon récit sur cette rencontre improbable, qui à mon sens à l'époque n'aurait pas dû s'éterniser. Dans mon for intérieur je me réjouissais de cette rencontre réconfortante, et je savais qu'Emilio appréciait que parfois nous croisions aussi nos chemins pour des sorties récréatives, et à minima pour aller à la pêche alors que lui ne pratiquait pas ce sport.

— Tu as raison d'aller à la pêche avec lui, il aime ça, il voudrait que je vienne avec lui, mais je ne peux plus marcher dans la rivière, c'est trop dangereux pour moi, et je deviendrais vite un fardeau. Il est capable de parcourir de grandes distances alors que mes jambes avancent à deux à l'heure, et puis je ne suis pas un fanatique de la pêche, je préfère mes plantes et ma montagne ...

Depuis que son fils était reparti, Emilio l'avait revu plusieurs fois, les liens se ressoudaient, et plus souvent qu'avant, Olivier venait le voir, s'inquiéter un peu aussi que tout allait bien. Je supposais que Fausto avait demandé à son ami de lui donner régulièrement des nouvelles de son père. Je sentais qu'il y avait une vraie connivence entre ces deux êtres, même si parfois Emilio s'agaçait qu'il vienne sans prévenir.

Je lui faisais part de mes sentiments pour lui affirmer que tout cela n'avait pas d'importance, et qu'il y avait chez Olivier un véritable lien qui s'était noué entre un vieil homme qui n'en faisait qu'à sa tête, et un fils trop éloigné qui voulait tout savoir, et que c'était la meilleure des choses qui lui soit arrivée.

— Pour moi, Olivier a une intelligence instinctive qui te convient, il ressemble à Fausto par sa jeunesse d'esprit et son envie de se dépasser. Il n'a pas fait de grandes études, mais il a appris à connaître le monde qui l'entoure grâce à ses rencontres et ses passions. Il est un peu comme toi, et je comprends que tu l'apprécies, pour moi c'est pareil !

Je savais que j'avais touché juste, ce fils adoptif remplissait son rôle à merveille sans le vouloir, il était le lien impalpable entre deux générations qui s'étaient éloignées temporairement parce que la vie était ainsi, sans qu'ils n'aient pu, ni l'un ni l'autre, décider d'un sort commun.

Emilio me décrivait ce qu'il savait de Olivier, chasseur, pêcheur expérimenté, c'était un amoureux de toutes les natures. Il était capable de reconnaître tous les animaux qu'il croisait. Il me disait aussi qu'il imitait le chant des oiseaux, il savait observer la rivière pour repérer les truites, et il connaissait tous les insectes qu'elles mangent quand elles gobent en surface ou quand elles s'agitent au fond de l'eau claire.

— Tu dois bien t'entendre avec lui, je suppose !

— Oui, c'est un gars qui me plaît bien, il n'y a pas d'entourloupe avec lui, c'est rare les jeunes qui sont comme lui, qui ne considèrent pas les anciens comme rien, et en plus il s'intéresse toujours à ce qu'on lui dit. Je ne compte plus le nombre de fois qu'il m'a aidé, il a de la volonté, il partage facilement ses moments, il est toujours d'une aide précieuse avec sa force !

Olivier était un garçon accessible, son intelligence pratique était un de ses atouts pour convaincre, et je comprenais parfaitement comment il vivait. Il avait réussi à allier une vie saine d'enfant de la campagne avec les envies d'un jeune qui aime les joies de la vie moderne et citadine. Il avait quitté le nid familial de sa campagne près de Trets et était parti vivre sur Aix-en-Provence, où il exerçait sa profession de conseiller en immobilier. Il y avait trouvé une certaine liberté, tout en réalisant quelques belles affaires qui lui laissaient le temps de vivre. Il avait rencontré le fils d'Emilio dans des soirées en ville, et ne s'étaient plus jamais quittés.

Nous finissions tranquillement notre repas, Emilio, fatigué, semblait absent, ailleurs comme dans tous ces moments que je lui connaissais. Je savais qu'il fallait le laisser tranquille et je lui proposais de partir assez rapidement avec une fausse excuse de rendez-vous, il ne me retenait pas pour faire une bonne sieste comme il en avait l'habitude.

Nous étions déjà à la fin du mois d'août, trois jours et trois longues nuits que le ciel ne bougeait pas. Les brumes chaudes du début des heures claires, n'était remplacées par endroits, que par la grisaille d'un plafond si bas qu'on serait presque restés couchés. Il faisait même presque si froid pour la saison, que j'avais du mal à croire, que cette fin d'été laisserait un peu de place à un été indien. Restait-il un peu de chaleur derrière tout ce gris ? La météo ne s'était pas trompée et un temps maussade s'était installé pour quelques jours, accompagné d'un vent d'Ouest chargé d'humidité.

Dans ces matinées tristes à mourir, j'avais perdu le goût des sorties qui oxygènent, et je me morfondais devant la fenêtre, espérant un brin de soleil pour égayer la journée. Rien de tout cela pendant deux jours, désespoir et profondeur de l'abîme se confondaient au fil des heures, noyant toute velléité de promenade. Heureusement le téléphone sonnait, Olivier toujours égal à lui-même venait m'offrir une opportunité de sortie que je ne refusais pas pour le lendemain. Debout à six heures, je me préparais à la hâte après un copieux petit déjeuner et je rejoignais au plus vite, sans la regarder, la route aux méandres sombres, pour aller au rendez-vous que nous avions convenu au parking du Bouquet pour sept heures trente.

Le jour se levait péniblement, la lumière était encore diffuse sous le tapis de nuages accrochés au sommet de la montagne. J'étais arrivé le premier, et pour profiter de l'instant, je grimpais quelques dizaines de mètres au-dessus sur la première barre de roche de poudingue.

Comme dans une espèce d'événement miraculeux, le ciel embrumé semblait se dissoudre sous l'effet de la brise matinale et un premier rayon de soleil venait à transpercer l'air au-dessus de l'Est sans crier gare. Une curieuse impression d'infiniment grand se passait dans l'atmosphère comme si le ciel venait de se fendre sous un coup d'épée du soleil. Tout à coup la lumière jaune des rayons dépassait à peine le sommet des collines environnantes, léchait les parois grise de la montagne, avant d'augmenter doucement en intensité. Les ombres au creux des roches semblaient devenir plus noires, puis de secondes en secondes devenaient de vraies ombres dans lesquelles on percevait quelques vies, quelques mouvements.

Était-ce l'air qui agitait les feuilles, était-ce un oiseau furtif qui déguerpissait devant l'avancée de l'onde lumineuse, je restais figé quelques minutes devant l'avancée inexorable du jour qui envahissait tous les coins sombres, et donnait enfin de la couleur aux reliefs. Au loin, un chien aboyait, il semblait répondre au chant du coq d'une des maisons situées à quelques centaines de mètres à vol d'oiseau, sur la colline en face. Le jour chassait et traquait toutes les ombres, la luminosité de plus en plus intense rendait la montagne claire et visible, je parvenais même à distinguer les détails de toutes ces roches et barres grises que j'avais arpentées si souvent.

Des souvenirs bons et d'autres un peu moins, me revenaient. Je me rappelais tout à coup de cette escapade sous la pluie qui avait fini dans la boue rouge tout en bas près du Bayon et je riais encore de cette averse violente qui m'avait surpris alors que je pensais être hors de portée des nuages noirs.

Dans ce moment d'attente, la mémoire fonctionnait avec tous mes sens. Les odeurs de fraîcheur matinale, les senteurs des plantes foulées au pied, le goût de l'humidité des nuages, le parfum lourd des terres rouges gorgées d'eau, mélangé au herbes mûries au soleil, prenaient toute leur importance dans les visions qui me revenaient, lorsque je baissais les paupières et faisait appel à toutes ces sensations bien ancrées dans ma mémoire.

Les bruits sourds et distants me parvenaient de la route tout en bas, et je distinguais les bruits de moteur de la voiture d'Olivier qui venait de se garer.

Je l'apercevais du haut de mon promontoire, et le voyant regarder vers les hauteurs, je lui faisais un grand signe des bras afin qu'il me localise facilement. Il grimpait vite les quelques roches et lambeaux de terre rouge qui nous séparaient pour venir s'asseoir à côté de moi.

— Salut me dit-il, j'ai pris un peu de retard, il y avait trop de circulation à la sortie d'Aix ce matin, dommage. Ai-je manqué quelque chose ?

— Ah oui ! Bonjour Olivier … tu as manqué le spectacle du soleil qui frise les collines, ce matin c'était génial, il y avait un contraste très fort entre le bleu gris du ciel de fin de nuit qui s'est transformé tout à coup en bleu foncé, et le soleil jaune d'abord, qui a éclaté en quelques secondes sur la crête là-bas.

— Pas grave ! Dit-il d'un ton détaché, j'en ai vu d'autres et il y en aura encore beaucoup, il suffit d'être là au bon moment. Ici, on est quand même privilégiés quand on a envie de voir une belle nature, tout nous enchante, et j'adore moi aussi, ces décors que l'on imagine dans les films, ils sont là sous nos yeux.

Olivier restait maintenant silencieux, il regardait au loin le jour finir d'éclater dans ses lueurs blanches, il n'avait pas du tout l'air d'un marcheur aguerri. Chaussé d'une paire de chaussures de randonnée, il avait attaché ses lacets rouges avec un double nœud, et son jean délavé un peu court, venait à peine couvrir les chaussettes de laine grise. À côté de moi, il paraissait grand et fort, sa carrure aux larges épaules en disait long sur sa force, il était rassurant. Il faisait bon, et son tee-shirt à manches courtes témoignait de la douce température qu'il faisait déjà à cette heure matinale.

— Tu n'as pas froid lui demandais-je …

— Non, dès que je bouge, j'ai vite trop chaud, et tu le sais bien, sous les falaises, dès qu'il y a un rayon de soleil, il fait vite une chaleur à donner soif.

Il s'était levé, ses presque deux mètres lui donnaient une stature de géant.

— Dis donc, tu n'aurais pas encore grandi cette nuit ? lui dis-je en rigolant …

— Arrête ! tu vas me faire rougir, allez on avance, je ne suis pas venu pour rester assis sur un caillou, il y a longtemps que je n'étais pas venu avec toi, alors il faut qu'on en profite.

Sans autre commentaire, il attaquait ce qu'il restait de roches grises pour atteindre le plateau aux oliviers.

— Tu as vu tous ces arbres, ils s'appellent tous comme moi, c'est quand même courant ce prénom ici, il y a tellement d'arbres qui le portent que je me perds parmi eux, c'est drôle non !

Il avait ce brin d'humour qui ne le quittait jamais, toujours à l'affût d'un bon mot, il était un boute-en-train apprécié quand il était en société. Il avançait à grandes enjambées devant moi, escaladant le dernier talus, il s'était arrêté pour regarder le sommet de la montagne, il la regardait comme un enfant rêveur, je sentais qu'il la jaugeait.

— Tu sais bien que des sorties j'en ai fait beaucoup, surtout quand Fausto, était avec moi jusqu'au Bac. Qu'est-ce qu'on a pu se marrer ici, on avait adoré courir les chemins en toutes saisons. Tu sais le Fausto il est comme son père, il adore la nature, et ici j'ai l'impression qu'il s'est régalé. On a fait ensemble toutes les escalades possibles, et même qu'une fois on a pris le chemin le plus court d'ici pour monter à la Croix de Provence, et on s'est fait peur.

Tu sais le sentier qui part de Saint Antonin et qui passe par le Garagaï, le Forcioli. Aucun de nous deux n'avait d'équipement et quand nous sommes arrivés près de la falaise sous la croix, un brouillard épais nous a empêché de bien voir. Les roches glissaient, il faisait froid, j'étais un peu fatigué mais Fausto a voulu qu'on aille jusqu'au bout comme par défi, je n'étais pas très à l'aise, et pourtant nous sommes montés jusqu'en haut. Il a fallu qu'on s'aide vraiment pour y arriver.

— Ça ne m'étonne pas de vous deux, vous êtes de vrais casse-cou !

C'est vrai que Fausto n'avait jamais peur, il tentait beaucoup de choses un peu risquées m'avait dit Emilio qui s'inquiétait parfois pour lui, mais il lui faisait vraiment confiance, il lui avait appris à faire attention, à ne pas dépasser ses propres limites.

— Oui, mais ce jour-là, c'était difficile parce que la montagne nous déversait des tonnes de nuages humides et sombres depuis le sommet, comme une vague d'eau qui redescendait depuis le haut pour nous mouiller en dessous. Il faisait froid, l'humidité était partout, les rochers glissaient, j'avais un peu peur, heureusement Fausto me donnait la main dans les passages difficiles, c'était une vraie aventure, à bien y réfléchir, on avait pris des risques, qu'aujourd'hui je ne pourrais pas prendre.

Dans cette anecdote, Olivier avait pris toute la mesure des dangers en montagne, il s'était mesuré à l'inconnu, il avait pris conscience de ses forces et de ses limites.

— Mais on n'a jamais recommencé ces bêtises finit-il par me dire avec un grand sourire, la vie est un long apprentissage, et il faut aussi savoir renoncer. Maintenant je préfère les promenades sportives, longues parfois, mais je ne prends plus aucun risque, et d'ailleurs on en a reparlé avec Fausto cet été, et lui aussi s'est assagi depuis qu'il a le petit Luciano. Il fallait que jeunesse se passe, comme on dit, on en a bien profité !

J'acquiesçais bien évidemment, il me rappelait mon fils aîné qui prenait lui aussi des risques différents dans les sports mécaniques en moto, quand il était jeune, et qui avait renoncé à la route pour ne plus faire que du circuit où les risques étaient calculés.

— C'est bien quand on vieillit un peu, on réfléchit n'est-ce-pas Olivier !

— Oui bien sûr, mais je n'ai jamais regretté, en plus quand on est arrivés en haut, le vent avait rabattu les gros nuages et on les voyait par-dessus, comme si on était au bord de la mer. Je me rappelle Fausto avait bien rigolé, et nous étions heureux de voir cette petite mer de coton blanc vue par le dessus, on était seuls en haut, et nous nous sommes assis au pied de la croix pour profiter de la vue. C'est pour moi un souvenir extraordinaire.

Depuis que j'avais appris à le connaître, Olivier avait mûri, il était devenu un adulte sûr de lui, bien qu'il ne vive pas de la même façon qu'Emilio, ou que moi, il faisait partie de ce cercle restreint qui composait une famille d'amis. Nous partagions de temps à autre des sorties, des moments d'entraide, des repas avec Emilio, et ce petit groupe nous confortait dans nos vies de chaque jour. Nous savions que nous pouvions compter les uns sur les autres.

— Tu habites toujours à Aix, dans le même appartement au-dessus du cours Mirabeau ?

— Oui, et je ne suis pas prêt à le quitter, j'ai fait une bonne affaire quand je l'ai acheté, et avec ma profession je sais maintenant quelle valeur il a vraiment, en plein centre-ville.

— Tu n'as pas toujours vécu à Aix pourtant ... tu ne préférerais pas la campagne ?

Il me parlait alors du souvenir qu'il avait de sa vie chez ses parents lorsqu'il habitait à Trets et il ne voulait plus de cette vie -là.

— Depuis que je suis devenu un citadin, je n'ai plus envie de la campagne de mes parents, Trets était devenu trop petit, tous mes copains habitent en ville et je peux m'y éclater.

Il m'avait dit cela comme une vérité, je le comprenais parfaitement, n'avions-nous pas eu les mêmes fonctionnements dans nos jeunesses respectives, avec des envies de liberté, de s'éloigner de nos familles pour prendre le large.

— Oui finalement tu as fait comme nous tous, personne n'échappe aux mêmes envies, aux mêmes besoins, et on finit tous par faire les mêmes bêtises aux mêmes âges. Tu as dû en faire des vertes et des pas mûres avec Fausto, je suppose !

— Non pas tant que ça ! ... Nos parents nous tenaient souvent informés de ce qui ne devait pas être fait, et il valait mieux se tenir à carreau. Je me rappelle que maman avait parfois la main leste, et je me suis retrouvé plus d'une fois puni pour les plus grosses bêtises, alors que Fausto faisait ce qu'il voulait avec son père. Nous n'avions pas la même éducation, la sévérité de mes parents était parfois excessive... il n'était pas aussi tolérant qu'Emilio, qui encourageait son fils tout en l'avertissant des vrais dangers.

— Oui, je n'en doute pas, tu sais Emilio m'a raconté sa jeunesse, et puis il s'est trouvé seul à élever son fils, il n'avait pas beaucoup de moyens financiers et ne pouvait lui apprendre que ce qu'il connaissait. Heureusement que Fausto était un gamin curieux qui aimait les études, d'ailleurs il a bien réussi depuis et je peux te dire que son père en est drôlement fier.

Je regardais Olivier tout en lui racontant quelques secrets que je connaissais, sur lui et son ami d'enfance, il riait et s'étonnait que je sache toutes ces petites histoires …

Il avançait à côté de moi, nos pas résonnaient entre les pins et les troncs des chênes qui bordaient le chemin qui mène au refuge Cézanne. Il avait mis ce matin ce Tee-shirt aux couleurs de l'OM, et comprenant que je le regardais, me dit :

— Tu vois celui-là, j'aime bien le porter pour venir ici, on avait acheté le même avec Fausto, on était comme deux frères et on faisait beaucoup de choses identiques en même temps. Je l'avais emmené dans une boutique spécialisée à Marseille et il n'avait pas pu résister à faire comme moi, nous étions fiers d'arborer l'écusson bleu à cette époque. Bon c'est vrai qu'aujourd'hui, l'envie ne serait plus la même, mais je le garde pour les sorties nature ici dans la Sainte Victoire, pour moi c'est un lien avec lui qui est ailleurs. La dernière fois que je suis venu voir Emilio, je le portais, et nous avons fait un selfie que je lui ai envoyé aussitôt, Il m'a envoyé un message en retour avec plein de sourires en emoji, tu sais les petits logos !

— Prends moi pour un ignare ! lui dis-je … Je pratique aussi les selfies, les emails et un peu les réseaux sociaux avec tous vos petits signes que je comprends parfaitement … Il se moquait de moi, me faisait marcher comme on dit, et il ne boudait pas son plaisir.

Nous nous sommes assis sur le bord du chemin au-dessus du refuge, sur l'esplanade qui laisse voir la montagne. Un gros bouquet de romarin, accroché aux roches en pente raide, fleurissait encore un peu, dans des bleus tendres aux nuances violacées, il contrastait avec un grand genêt sauvage aux longues tiges vert foncé avec son bois tordu et cassé par les vents violents. Le ciel bleu intense, dévoilait la crête de la montagne grise qui finissait à nos pieds en roches ocres.

Olivier avait ramassé quelques petites pierres rouges qu'il jetait tout en haut, en face du chemin, comme s'il voulait atteindre les sommets. Les cailloux rebondissaient sur les roches plates et redescendaient vers nous dans un léger bruit de pierres qui roulent, pour s'arrêter au bord du chemin, il était pensif.

— Je n'ai rien oublié de mon enfance ici, quand je venais chez Fausto, nous avions toujours la permission de nous promener où on voulait, la seule obligation que nous avions était de dire dans quel secteur nous étions, au cas où ! ... Quelle liberté nous avions, c'est là que j'ai tout appris de la montagne, on a fait tous les chemins dans tous les sens. Les animaux et les oiseaux n'avaient plus de secrets pour nous ... la montagne nous appartenait.

Il me disait qu'ici c'était un petit paradis, qu'il ne connaissait pas d'autre endroit pareil pour se ressourcer et qu'il lui semblait qu'il y faisait toujours beau.

J'en convenais bien évidemment, et malgré nos différences de vie et d'âge, nous partagions les mêmes goûts aux mêmes endroits.

— Écoute ! au loin, tu reconnais le bruit du vol de cet oiseau ?

— Facile, c'est une perdrix rouge, quand elle vole, j'ai l'impression d'entendre l'oncle Jules qui imite le vol des bartavelles quand il chasse avec le petit Marcel Pagnol dans la "Gloire de mon Père". Tu sais quand ce n'était pas Fausto qui m'apprenait à reconnaître les oiseaux, c'était Emilio qui me faisait écouter tous les bruits de la montagne à chaque fois qu'on sortait ensemble. Même maintenant, il continue à faire pareil ... des fois il se trompe et je me permets de le lui dire ...

Un sourire traversait son visage, il se réjouissait à l'idée de ces souvenirs. Je le voyais heureux de se souvenir de tout ce qu'il avait vécu, la ville ne comptait plus alors, il était plongé dans un autre monde où la nature prédominait, envahissait sa mémoire, rejaillissait en bons mots et faisait écho au bonheur qu'il avait eu lui aussi à courir les collines et les chemins en compagnie de son meilleur ami.

— Bon il est temps de finir notre balade, il faut faire demi-tour, je n'ai pas le temps de faire la grande boucle aujourd'hui, on prendra par les petits sentiers qui coupent à travers les bois pour ne pas refaire le même chemin. Je dois rentrer à Aix, j'ai deux rendez-vous cet après-midi que je ne dois pas manquer ! …

Au retour Olivier marchait du pas rapide des gens de la ville, la nature ne comptait plus, il était devenu pressé … nous avons traversé les chemins, les bois de pins et les crêtes rocheuses comme si un impératif nous avait obligé à aller vite. Je sentais qu'il connaissait parfaitement la topographie des lieux, il ne se trompait pas pour le choix des sentiers en sous-bois, n'hésitait pas pour les bifurcations, il n'avait aucun doute sur la bonne direction, et je lui faisais totalement confiance. Nous sommes arrivés au parking de Plan d'en Chois deux fois plus vite que prévu, il m'avait devancé de quelques centaines de mètres et m'attendait en bas sans mot dire.

— Tu me fais courir ! … je sens que tu es pressé.

— Je te laisse, je viens d'avoir un coup de fil pour avancer mon rendez-vous d'une heure, je ne peux pas traîner.

Il était parti en coup de vent, insouciant, me laissant sur place. À peine avais-je eu le temps de lui dire au revoir.

L'appel de la montagne …

Du temps j'en avais, j'étais seul et je ne comptais pas finir ma journée ainsi. Je reprenais mon bâton de marche, mon sac à dos avec quelques victuailles et je remontais la pente dans le sens inverse de celui que nous venions de descendre. Il ne faisait pas encore trop chaud, le ciel légèrement voilé laissait filtrer un soleil timide, la légère couche nuageuse

couvrait le ciel jusqu'à l'horizon au-dessus de la montagne. Tout en montant, mon téléphone sonnait dans ma poche
— Allô ! Olivier ? Oui je t'entends !
— Excuse-moi pour tout à l'heure, je suis parti un peu vite, mais les affaires n'attendent pas ! On refera une prochaine sortie rapidement et je te raconterais … désolé pour aujourd'hui d'avoir écourté ce plaisir …
— Pas de soucis, j'attends ton appel, à la prochaine !
J'arrivais sur la longue barre rocheuse grise qui domine la vallée du Bayon, en face de moi la montagne se détachait violemment en gris clair sur le ciel bleu timide. Il faisait bon, la chaleur du soleil de midi atténuée par les nuages réchauffait mes épaules, et j'enlevais ma veste avant de m'asseoir face au paysage toujours aussi grandiose. Je ressentais comme une grande sensation de vide à l'intérieur. Quelque peu fatigué par la précédente randonnée rapide avec Olivier, je n'avais plus qu'une envie, celle de me reposer et me laisser porter par l'ambiance tiède et j'en profitais pour me fondre dans la nature. La fin de ce mois d'août devenait pesante, avec une suite de journées orageuses sans que le moindre éclair ne vienne zébrer le ciel. J'attendais à chaque fois ces explosions du ciel qui montait au sombre pendant des heures entières et qui disparaissait sans laisser la moindre goutte d'eau atteindre les terres desséchées.

Pour l'instant le ciel s'était paré d'un gris profond, mais n'était pas menaçant plus qu'à l'accoutumée. Entre les pins vert tendre, j'apercevais le haut de la masse montagneuse qui précède le prieuré et sa grande Croix de Provence. Le ciel embourbé dans les nuages épais n'était déchiré par quelques traînées blanchâtres et éparses, le vent d'ouest poussait quelques timides bouffées d'air tiède en léchant les sols surchauffés depuis plusieurs jours, et je me réjouissais de pouvoir rester là, sans craindre les ardeurs du soleil de midi.

Délestant mes épaules de mon sac, je prenais place sur une grande roche rugueuse, mon regard sans intention définitive se posait sur les rochers devant moi.

Le mélange de terre rouge, d'ocres délavés et de pierres brisées au gris léger, me suffisait pour entrer en communication avec les forces de cet endroit que je connaissais si bien. Les quelques rayons du soleil qui arrivaient à passer entre les nuages, venaient frapper le sol avec violence et décoloraient instantanément tout ce qu'ils touchaient, et disparaissaient aussitôt dans la fuite des nuages qui couvraient le ciel derrière moi. Je regardais ces vibrations lumineuses comme si elles m'emportaient dans un autre monde, je devenais transparent, comme léger, aérien.

Je passais mes mains dans les branches de romarin juste à côté de moi, et l'odeur envoûtante me rappelait aussitôt le souvenir des bons moments que j'avais vécus sur les chemins avec mes amis, avec Emilio surtout qui m'avait tant appris.

Regardant les ombres plus profondes que le soleil n'avait pas atteint, je pensais au passé, j'y trouvais comme une histoire inscrite dans la pierre, cachée à tous mais uniquement perceptible à celui qui sait regarder. J'avais comme l'impression que resurgissaient les souvenirs d'avant, ils ressortaient des roches comme la source de vie qui vient sourdre doucement des profondeurs de la terre.

Les bruits diffus autour de moi étaient comme autant de belles paroles, je sentais la présence et la force de gens, d'anciens qui avaient façonné ce paysage à leur façon, chacun dans leurs endroits privilégiés, je pensais aussi à mes parents restés ailleurs, et je m'étonnais de les retrouver ici au travers de cette nature nouvelle qu'ils n'avaient jamais côtoyée, comme s'ils y étaient présents, et pouvaient me parler de tous ces rochers, des racines, des arbres, et des forces de leur terre.

J'étais intimement persuadé qu'ils avaient marqué leur passage sur la grande planète bleue, en respectant chacun de leur côté le bout de nature qui leur avait été allouée, et qu'ensuite, tout ce qu'ils avaient fait, leurs bonnes actions, leur amour de la terre, leur travail, se réunissaient et se retrouvaient dans un univers accessible à ceux qui voulaient bien le comprendre.

J'imaginais alors, mes grands-parents me parler de leurs désirs, de leurs peurs, de leurs bonheurs, mon père de son océan près de La Rochelle, ma mère de son enfance dans les rizières du Viêt-Nam. Puis je voyais aussi, mon ami Emilio et son Piémont natal qu'il avait quitté, ou encore Olivier qui ne rêvait que sa ville d'Aix en Provence, et encore Doumé, que je ne vous ai pas encore présenté, qui vient des hauts plateaux au-dessus de Valensole et dont les parents ne rêvaient que de leur retour en Haute Corse du coté de Corte.

Tous ces rêves fragiles, les miens, les leurs, plongeaient au plus profond de chacun de nous, ils marquaient nos vies, et nous emmenaient sur des chemins de liberté que nous retrouvions certainement dans nos temps de réflexions imaginaires respectifs.

Je venais de quitter Olivier, où plutôt lui venait de partir trop vite, et déjà sous les rayons du soleil je sentais que le temps coulait trop vite, et à son rythme la nature m'imposait son tempo, ce mois d'août durait, la chaleur persistait et j'avais l'impression de naviguer sur des sables imaginaires comme marchant sur une plage dorée, où mes sensations s'enfonçaient sans laisser de place aux doutes, dans un monde plein de douceur.

Je m'étais laissé emporter dans cette langueur, propice au rêve et à la douce nostalgie des temps passés.

La faim me rappelant au temps présent, je décidais de rentrer, la lumière était devenue presque trop insipide sous le soleil de midi.

Je constatais comme à l'accoutumée que certaines heures n'avaient plus aucun intérêt visuel, tout était aplati, écrasé de lueurs blanches, les oiseaux se terraient au creux des rochers ou restaient silencieux dans les branches des grands arbres. Je descendais le chemin gris, tout en dégustant mon maigre casse-croûte, et lentement, comme à regret sous le coup du vent chaud qui remontait les pentes, j'avançais sans prendre gare à tous ces criquets qui s'envolaient partout. Sous chacun de mes pas les petites lueurs bleues ou rouges éclataient en bonds de quelques mètres, le froissement de leurs ailes répondaient aux cigales perchées dans les pins. Je ne prenais plus le temps, j'allais au plus vite, le moment des rêves était passé, je devais rentrer.

Il y a certains jours comme celui-là, où je retourne dans les années passées, j'y retrouve des espaces de bonheur, comme si je faisais une promenade, je m'évade et je reviens au présent, ramené à la réalité par le rythme de la nature, par les bruits d'un oiseau qui vient piailler, ou par le vent qui me raconte tous ces bruits d'en bas, qui me sont si familiers.

Les souvenirs de la terre ...

C'est souvent dans la solitude que les mots viennent. Souvent ils jaillissent sans crier gare, ils vagabondent dans mon esprit, se jettent sur l'instant présent, occupent mes pensées, puis disparaissent.

Je n'avais pas souvent l'opportunité de partager mes sentiments et sensations, pourtant quand je voyais mon ami Emilio, je retrouvais le plaisir de converser, de rire, de regarder le monde par le petit bout de la lorgnette, et nous pouvions alors nous esclaffer, et faire des galéjades comme on dit ici ... prendre le temps comme il venait !

Ce matin, j'avais une envie un peu folle d'aller grimper au Garagaï, le temps clément de cette fin d'août était propice aux longues promenades un peu difficiles et je me préparais pour une longue journée dans la nature. La montagne m'attendait, et j'allais l'affronter par un sentier un peu délicat, mais qu'à cela ne tienne, je partais plein de courage et d'envie. Mon sac à dos prêt pour cette course en solo, habillé légèrement pour affronter les chaleurs le long des roches, je mettais mes chaussures de randonnées et partais l'esprit léger et plein de bonne humeur.

En route, je réfléchissais à ce besoin de courir les pentes et je me faisais cette réflexion, que beaucoup d'aventuriers avaient ainsi été guidés par leurs instincts et leurs envies de se dépasser, que l'effort physique pouvait être rédempteur et pourvoyeur de bonheur.

Il y a ainsi des joies dans l'effort et l'aventure que tout le monde ne connaît pas, et que certains rechignent à affronter. J'étais dans cette belle disposition d'esprit en refaisant une énième fois cette route de Puyloubier que j'avais prise en passant par la route de Trets.

Le changement d'itinéraire, me permettait de voir la montagne autrement, et d'un peu plus loin pour apprécier le long parcours à faire sur les parois grises.

Il était huit heures, le soleil déjà positionné haut dans le ciel clair, me donnait un avant-goût des chaleurs qui m'attendaient. Alors que je m'étais préparé mentalement à courir le long des roches, je m'arrêtais chez Emilio, j'avais simplement besoin de le saluer. Comme à l'habitude, il était dans son jardin, il était en train de sarcler un rang de radis qu'il avait semés quelques temps avant, et me regardant arriver vers lui, s'était relevé et appuyé sur son outil.

— Bonjour Emilio, ça fait longtemps que je ne t'avais pas vu, et comme je pars là-haut au-dessus du Garagaï, j'avais juste envie de partager un café avec toi, si c'est possible. Je vois que tu es déjà à l'œuvre dans ton jardin, je ne vais pas te déranger plus longtemps !

— Viens ici, me dit-il, tu sais bien que j'ai le temps, et puis je ne vais pas courir comme toi sur les pentes rocheuses … Le café est encore chaud, j'en ai pris un, il y a peu de temps, et ça me fait plaisir de t'en offrir un si tu n'as pas trop hâte d'y aller !

— Non, ça ira, la montagne ne bougera pas !

Il avait posé sa binette le long du tronc de l'amandier à l'entrée des planches du jardin, il se massait les reins pour mieux se relever et se dirigeait vers la maison.

— Le temps va être à la chaleur encore aujourd'hui, c'est dramatique pour les plantes et les oiseaux ! C'est bien que tu sois passé, j'ai deux ou trois choses à te dire. Il avançait lentement, ses sabots de jardin étaient tout crottés de terre brune, lourds ils l'empêchaient d'aller normalement. Cela devait faire un bon moment qu'il était dans son jardin …

— Dis donc, on dirait que tu t'es levé de bonne heure ce matin, tu as déjà tout sali tes pantalons et tes sabots sont plein de boue …

— Oui, J'ai biné et arrosé toutes mes salades, il y en avait besoin, tu sais que je n'aime pas que mes planches soient envahies de mauvaises herbes.

Il avait la mine heureuse, celle que je lui connaissais à force de le voir, il était si proche de sa nature qu'il ne se rendait plus compte qu'elle agissait sur lui comme un remède miracle contre les maux de dos et de jambes. Il travaillait continuellement, usant de ce que ses forces restantes lui permettaient encore, pour modifier, améliorer, parfaire son jardin dans lequel il trouvait tant de bonheur. Je l'enviais, il avait encore tant d'énergie. Il avançait lentement, mais son esprit était ailleurs, il réfléchissait déjà à ce qu'il allait me dire, tout en traversant sa petite cour couverte. Dans la vigne vierge de la tonnelle, il avait fait courir un ou deux pieds de vigne et quelques grappes de raisins blancs pendaient ici et là au travers des feuilles vertes, jaunies sur les bords par les brûlures du soleil.

— Regardes lui dis-je, tes grappes sont piquées par des frelons, tu vas tout perdre !

— Mais non répondit-il, j'en ai déjà goûté quelques grains, il sera un peu moins sucré cette année, j'ai l'impression que la vigne souffre. Ce n'est pas pour ces quelques grappes, il faut bien que les guêpes se nourrissent aussi. Mais je te garantis qu'il en restera et que les grains seront très sucrés, c'est tous les ans pareil, il faut attendre le bon moment !

Attends-moi ici, je vais te chercher le café bien chaud avec un peu de lait comme d'habitude !

Il allait à son petit train, marchant avec quelques difficultés, boitant de sa jambe droite. À l'entrée de la cuisine, il passait ses mains salies de terre sous le robinet d'eau froide avec application, comme avec délectation, les essuyait sur un torchon et rentrait dans l'ombre douce derrière cette porte qui ressemblait à toutes les portes de vieilles fermes, avec une partie vitrée qui laissait entrer juste ce qu'il faut de lumière en hiver, et qui donne de la douceur aux chaudes journées au travers des rideaux à peine tirés.

Je regardais une fois de plus le paysage autour de la maison, rien ne changeait vraiment, et depuis qu'il avait revu ses enfants, il avait entretenu cette propreté qu'il avait mis tant de temps à préparer au printemps dernier. Je le voyais revenir aussi lentement qu'il était allé, il tenait dans ses mains un petit plateau avec une tasse fumante de son café bien noir avec un petit pot de lait, et comme à l'habitude, il l'avait accompagné d'une petite madeleine, pour mieux faire passer le café comme il disait.

— Tu m'excuseras de ne pas en prendre avec toi, mais j'ai un peu de mal à le supporter en ce moment, mon estomac refuse d'être agressé, mais vas-y ne t'occupe pas de moi, j'ai plaisir à te voir ici. Ces derniers temps je me suis senti un peu seul, le mal au dos m'a repris et à cause de ça, mon moral en avait pris un coup !

Il me montrait ses reins et sa jambe et je comprenais qu'à nouveau son nerf sciatique faisait des siennes, et l'empêchait de faire tout ce qu'il aimait vraiment, la bonne santé physique était essentielle dans toutes ses activités.

— Va voir le kiné rapidement et ne laisse pas empirer, tu as toujours besoin de bouger !

— Oui j'irais !

Il le disait sans conviction, il était dans un de ses mauvais jours où l'on perd toute envie, où la vie semble si difficile jusqu'à en devenir insupportable, et j'avais de la peine pour lui qui était si allant d'habitude. Je savais que c'était un mauvais passage comme chacun de nous peut en avoir, et je tentais de le distraire en détournant la conversation vers d'autres sujets, mais lui voulait me parler d'autre chose, il avait envie de se découvrir un peu et me disait ses pensées, comme si nous étions en conversation intime …

Il s'était assis devant moi, dos au Cengle, il regardait la montagne derrière moi, les yeux au ciel, il cherchait ses mots, son envie de dire était plus forte que sa raison et dans son inconscient, il avait ce besoin intime et très fort de raconter ce qui lui venait à l'idée à ce moment, oubliant tout ce qui pouvait l'entourer, à tel point que j'avais l'impression de ne pas être là, mais dans son univers.

Il avait posé son bras à plat, et du bout des doigts je le voyais essuyer instinctivement la nappe, comme pour chasser quelques poussières. Il avait posé son coude droit sur le rebord de la table, et sa main droite soutenait son menton mal rasé, dans le gris de son regard perdu il me dit :

— Hier soir j'étais sorti juste avant la nuit, pour me changer les idées, mais je n'arrivais pas à me calmer, mon cerveau bouillait comme la marmite sur le feu, et je ne savais pas comment l'arrêter. Je réfléchissais à plein de choses, tu me donneras ton avis.

Bon ! je te concède que ce n'est pas drôle, mais des fois mes idées me dépassent … J'étais en train de penser que le temps et le passé appartiennent à ceux qui ont vécu, que la jeunesse n'a cure des événements anciens, elle vit le présent, elle nage dans le bonheur de l'innocence, dans la découverte et l'expérience. Je réfléchissais alors à mon fils et à ses amis !

Il disait cela d'un ton lointain, évasif, hors du moment présent, il reprenait alors …

— Et ce temps qui court toujours, lui ! Il ne change pas sa vitesse de rotation autour de l'horloge, il dévore lentement et régulièrement les vies, et tous les espoirs fervents deviennent alors regrets. « Je n'ai pas pu, je n'ai pas eu le temps » !

Il me disait tout cela sur un étonnant ton monocorde et presque triste, comme un aveu, puis il reprenait comme s'il se parlait à lui-même …

— Je regardais la lune monter dans le ciel noircissant, chaque seconde passait inexorablement, j'avais l'impression d'allumer les étoiles une à une, sur le fond noir de l'univers, et je me demandais encore où pouvait bien être ma place. La nuit sombre, juste éclairée par quelques humaines activités semblait éternellement profonde. Elle me ramenait aux peurs instinctives, ancestrales, animales. Je regardais longuement ce ciel devenu profond, comme pour exorciser mes peurs. Le regard fixe dans un lointain insondable, j'essayais d'empêcher mes mains de trembler, je ne voulais pas m'avouer perdu face à cette immensité qui me dévorait. Je ne trouvais pas d'avenir au fond de ce ciel immense. Pourtant je ressentais la beauté du moment dans l'infiniment grand, j'y voyais quelques grandioses manœuvres de l'univers, et je laissais poindre au fond de moi une lueur d'espérance, une folle envie de continuer à mettre mes pas dans ceux des anciens qui m'avaient précédé. Cet instant devenait lentement magique, alors que mon esprit était, quelques instants auparavant, englué dans ses propres peurs, je revenais à une plus douce réalité, je voyais s'estomper mes craintes absurdes incontrôlées, et je retrouvais espoir et beauté dans l'infini … Ainsi cheminait mon esprit, de désespoirs profonds en grands bonheurs et espérances, dans les limbes de ce monde nocturne.

Les peurs arrivaient au grand galop, m'envahissaient comme une nappe de brouillard qui s'étend sur la plaine, et quelques instants plus tard disparaissaient au gré d'idées nouvelles, comme chassées par le vent frais d'un nouveau jour en gestation. Je n'avais plus le temps de changer ma vie, l'âge et la perte de mes forces m'empêchaient d'agir, je devais me contenter de ce que la vie pouvait me donner encore.

Chacun son tour me disais-je, j'ai bien vécu, j'ai un peu vu ce monde, parfois il m'a ému, parfois je l'ai profondément détesté, aujourd'hui je me contente de le regarder et d'aimer comme je peux. Un peu tristement, je me disais qu'il ne me restait pas beaucoup de temps, que je devais m'économiser pour faire durer, pour avoir encore un peu de ce temps qui devenait une denrée rare qu'il ne fallait pas gaspiller ...

Je l'interrompais quelques instants dans ce grand monologue ...

— Parfois les nuits sont longues quand on ne dort pas, on réfléchit longtemps, puis on s'endort ...

Il m'écoutait sans bouger puis reprenait aussitôt ...

— Assis sur le bord du mur longeant ma petite terrasse, j'avais l'impression d'avoir les pieds au bord du monde, plongeant dans l'infini insondable de cet univers que j'admirais depuis toujours. Je me rappelais que je l'avais toujours regardé avec beaucoup de tendresse, j'en avais bien profité en le découvrant parcimonieusement, je l'avais toujours respecté, mais je savais maintenant que mon temps à moi aussi, était compté, non pas en millions d'années, mais simplement en un nombre d'heures impossibles à définir qu'il fallait préserver autant que possible dans la joie d'exister simplement ... Tu vois ces réflexions m'ont pris du temps, au bout d'une bonne heure, j'ai calmé mon esprit, j'ai dompté mes craintes, j'ai enfoui une fois de plus mes peurs, et me levant lentement, je me suis étiré longuement en prenant une grande respiration, avant d'aller enfin m'endormir dans les bras de cette belle nuit étoilée, et ce matin je me suis réveillé, frais et dispos, moins torturé, plus serein que la veille, la nuit porte conseil comme on dit souvent ! un drôle de dicton ne crois-tu pas ?

— Tu philosophe trop lui dis-je ... C'est bien d'en parler ensemble, mais tu dois retrouver le repos ...

Je le voyais un peu embarrassé mais heureux tout de même de m'avoir dit tout cela, j'essayais alors de lui faire oublier cette dernière nuit et de le distraire en lui demandant :

— Tu as vu du monde ces derniers temps ?

Doumé ...

— Oui j'ai vu Dominique, la semaine dernière, il est venu pour m'emprunter quelques outils que je n'utilise plus, nous avons eu le temps de parler un peu de ce qu'il fait, où il va, et aussi de Fausto qu'il n'a pas vu longtemps cette fois dernière aux vacances. Ils ont eu juste quelques heures pour se revoir avant qu'il ne prenne l'avion à Marignane pour ses vacances en Corse. D'ailleurs c'est Fausto qui l'a emmené à l'aéroport, justement pour passer un moment de plus avec lui, grappiller quelques secondes. Ça me fait penser que le temps court trop vite, l'expression dit "courir après le train", lui courait après son avion, c'est plus moderne !

— Il m'a appelé l'autre jour, j'étais dans la montagne, tout seul, au milieu du vent et de nulle part, en balade sans intention. Il m'a appelé pour venir lui donner un coup de main à sa maison dans le Verdon, tu sais là où il va souvent après son boulot, cette petite maison qu'il a acheté à un vieil oncle décédé, c'était il y a quelques années. Il la retape pour ses loisirs. Quelle belle région avec toutes ces gorges creusées par la rivière, l'érosion, le temps !

Je pensais en moi même que de ne plus y aller serait une punition, et je restais pensif avec cette envie de retourner au fond des échancrures de la montagne, où l'eau coule si verte, si limpide, avec ses jolis courants avec des truites grosses comme ça.

— Oh tu rêves me dit Emilio ! ... reste avec moi, je n'ai pas fini, ni même commencer à te parler de Doumé. Tu vois, curieusement ce garçon, il est d'une autre génération que nous, il ne pense pas comme nous, mais quand même il a retenu ce que ses parents lui ont appris. Je me souviens de la première fois qu'il est venu avec mon fils, c'était un retour de fête à Aix, ils étaient passablement éméchés, et à cette époque je m'étais pris la tête avec eux à cause de ça, même s'il n'y avait pas beaucoup de contrôles sur les routes. Tu penses qu'ils en profitaient ... Ces deux malins passaient au retour par les arrières d'Aix, par le Tholonet, jamais par la nationale. Ils avaient essayé de me la faire à l'envers, j'ai dû les remettre en place.

Il riait encore de bon coeur à l'évocation de cette péripétie, les souvenirs des enfants sont toujours un réconfort surtout lorsqu'il n'y a pas de conséquences désagréables à leurs méfaits.

Le simple fait de le faire parler lui avait ôté toute sensation des douleurs de la veille et du réveil, il avait oublié qu'il avait mal et me confiait d'autres petites histoires qui le mettaient encore plus de bonne humeur.

— Bon je reviens à Doumé, me dit-il, c'est un sacré lascar, d'ailleurs je me demande s'il n'a pas eu un peu de mauvaise influence sur Fausto, c'était un peu de la graine de voyou ! Il a bien tourné et maintenant il travaille à son compte, il est artisan maçon et même plus, car il sait tout faire. Son métier il l'a appris dans les collines à Valensole.

Il s'était fait embaucher juste après son bac, dans une entreprise de rénovation de bâtiment, ses parents l'avaient un peu pistonné car il leur avait dit qu'il ne poursuivrait pas ses études. Il voulait être libre. Pas facile comme condition pour démarrer sa vie de jeune adulte, il gagnait sa vie tout juste décemment et habitait chez ses parents.

— Quel est le rapport avec Fausto ? lui demandais-je ...

— Oh c'est simple, un jeune ça circule, ça veut voir le monde, et bien lui descendait sur Aix pour faire la fête ! Je sais qu'il a rencontré Fausto à un concert et de fil en aiguille ils se sont liés d'amitiés. Mon fils allait chez lui aux vacances pour courir les collines surtout à la belle saison, ils allaient aussi à la pêche ensemble, et pour les filles je ne te raconte même pas, il faisait un beau duo — Emilio riait de bon coeur, il évoquait ces souvenirs comme s'il y était encore, il le racontait comme si c'était lui qui avait vécu tout cela — Reprenant après un long temps de rires non contenus, il continuait ... ils se sont vus si souvent d'ailleurs, qu'ils ont fini par s'entraider pour beaucoup de choses et Doumé est venu habiter ici. Bien évidemment ce n'était pas totalement désintéressé, dès qu'il a pu s'installer tout seul, il a quitté ses parents et est venu établir sa petite entreprise près d'Aix, à Rousset. En plus il a eu la chance de rencontrer Olivier, l'agent immobilier, par l'entremise de Fausto et les deux compères travaillent ensemble pour certaines rénovations. C'est bien ainsi, ils forment une bonne équipe et ils ont bonne réputation sur le marché.

J'avais bien compris que Doumé était un peu le chat noir de la bande d'amis, il n'était pas tout à fait comme les autres, il lui était facile d'enfreindre certaines règles, à sa façon le monde lui appartenait, il en faisait ce qu'il voulait quand bon lui semblait.

— Curieusement, il n'a jamais renoncé à ses plateaux de Haute Provence. Dès qu'il fait beau, il part selon les saisons soit à Valensole chez des amis où il a encore de bonnes relations, soit il descend au Verdon dans son grand cabanon qu'il rénove pour pouvoir aller à la pêche. Mais celui-là, tu dois le connaître.

— Oui, j'y suis allé avec lui la dernière saison, nous avons passé quelques nuits d'été là-bas, c'était notre refuge après les séances de pêche à la mouche, on terminait toujours au coup du soir, juste avant que le soleil ne se couche. C'est là-bas que j'ai appris à le connaître et à l'apprécier. C'est vrai qu'il y a ancré une part de sa vie, même si ses parents ont vendu depuis la maison de Valensole. Quand je monte avec lui, il me parle aussi de ses souvenirs d'enfance, des lavandes, des amandiers fleuris, de la neige sur les pics qu'il voyait depuis la maison familiale, il en parle comme si toute sa vie était encore là.

— C'est la marque de la terre qui nous porte, me dit Emilio … elle s'imprègne en nous, chacun garde en soi les endroits qui l'ont vu naître, là où chacun a posé une part de sa vie, et a appris à vivre.

Ce pouvoir de la terre, je me dis que chacun le porte en lui, cette force qui vient du tréfonds des âges, c'est dans nos gênes que nous gardons une part de cet univers …

J'essayais de comprendre cette philosophie de vie qu'Emilio annonçait à sa façon, sans crier gare, il décrivait tout le poids des forces naturelles qu'il avait engrangé depuis tant d'années, il en avait fait une façon de vivre sereine et saine, elle lui convenait et il pouvait en parler sans emballement, c'était sa vie qu'il déroulait, comme si elle ne lui appartenait plus …

— Tu as raison lui répondis-je … j'avais un peu le même sentiment que lui, et je pensais que chacun appartenait avant tout à un morceau de terre, dans lequel il faisait ses premiers pas, pour y marcher parfois toute sa vie. Cela n'empêchait nullement d'aller vivre ailleurs.

— J'ai ce souvenir gravé dans ma mémoire, lorsqu'il m'a emmené pour la première fois au lever du jour dans les rangs de lavandes en fin juin, il y a quelques années en arrière.

On devait passer de bonne heure chez ses parents avant d'aller voir un de ses clients à Puimoisson. Il avait pris la route par Valensole et Riez, et s'était arrêté à plusieurs reprises pour voir le jour se lever au-dessus des lavandes. Le plateau était baigné d'une lumière étrange entre les bleus du ciel teintés par les couleurs dorées du soleil levant, et les reflets des lavandes violacées sur fond d'azur. J'avais l'impression d'être un peu dans un univers décalé, comme sur une autre planète. Doumé descendait de sa voiture à chaque fois, il me décrivait les champs des cultivateurs qu'il connaissait, me disait les chemins qu'il fallait prendre pour apercevoir des points de vue sublimes, et me donnait le nom des montagnes autour du plateau qui s'illuminaient au soleil levant. Il était mon guide et j'écoutais sans dire un mot, tellement je trouvais ces paysages extraordinaires.

Emilio me regardait et suivait mes explications avec beaucoup d'intérêt, il avait lui aussi vu tant de choses là-haut sur le plateau.

Le laissant dans ses rêveries je continuais …

— Je me souviens encore du vent qui se levait ce matin-là, venant du sud, il faisait déjà bon, et il transportait toutes les odeurs matinales des fleurs de lavandes fraîchement écloses. J'avais l'impression d'être dans une fabrique de parfums où se mêlaient les senteurs des lavandes, mais aussi la curieuse odeur des sauges sclarées qui n'avaient pas encore été récoltées.

Aujourd'hui lorsque je ferme les yeux je vois tous ces rangs si bien alignés, les bleus si différents qui brillent et changent de couleurs au soleil montant, et je reste encore sous le charme. Je pourrais t'en parler encore des heures tellement j'aime cet endroit, d'ailleurs depuis j'y retourne chaque année pour amplifier ces sensations hors du commun. Le plateau de Valensole reste pour moi, un lieu unique, il dégage une telle force que je comprends Doumé qui n'a jamais pu se séparer de cet endroit au point d'avoir repris pas loin cette masure qu'il retape.

— Tu as bien de la chance de garder tous ces souvenirs en toi, me dit-il ... cet endroit est comme une poésie visuelle, il ressemble à un paradis éphémère, mais tu sais la vie y était aussi très difficile, hors la belle saison fleurie.

— Quand j'y réfléchis, cette haute terre du plateau, a marqué Doumé ... oui c'est certain, il ne peut plus s'en passer, et ce n'est pas parce qu'il habite en pays d'Aix qu'il a oublié. Malgré les conditions de vie qu'il a connu dans son enfance, il a su retenir ce qui est bon, il n'est pas paysan, mais il a le goût de la terre natale lui aussi. Je crois que ses parents travaillaient aux champs, eux aussi, il m'a toujours dit qu'ils ne s'étaient jamais plaints de leurs conditions de vie. Et je pense que dans leur sagesse terrienne, ils ont su communiquer à Doumé cet amour des beaux endroits auxquels on s'attache.

— Tu sais qu'ils étaient d'origine Corse, et comme moi, ils sont des déracinés. Après la dernière guerre, ils sont venus ici pour se réfugier et trouver du travail. Je n'ai pas connu ses parents, mais je crois qu'ils venaient de la région de Corte, leur famille était établie dans un petit village de montagne, Poggio di Venaco, pas loin de la vallée de la Restonica, dont parle souvent Doumé.

Il y retourne aux vacances, et chaque année il me parle de ses randonnées. Il m'a toujours dit qu'il ne connaissait pas de rivière plus belle et plus claire avec ses eaux limpides, et l'été c'est comme se baigner dans un paradis étrange et lumineux. Même s'il n'a jamais vécu là-bas, il est sincère dans ce qu'il dit, tellement il en parle avec tout son coeur...

Sans le vouloir, Emilio m'emmenait dans des rêveries égarées, nous parlions de notre temps, mais aussi de celui de ceux que nous connaissions intimement. Il avait l'art de revenir sur des faits insignifiants, mais sensibles, qui évoque des passés récents ou lointains, mais qui gardent une force incroyable dans nos mémoires. J'étais dans cette harmonie, chaque fois que je l'écoutais, de sa voix lente et un peu grave il distillait dans mon esprit des images qui me ramenaient à mes vies antérieures, à tous ces souvenirs que j'avais gardés au fond de moi sans vraiment le savoir, et qui ressortaient tout à coup au gré d'une conversation. Je me laissais faire comme si cette part de rêve était nécessaire à la survie des vieux souvenirs, comme si j'y trouvais quelque repos et bien-être.

À l'évocation de ces vallées, de ces eaux claires, de cette Corse que je ne connaissais pas vraiment, j'avais le sentiment d'être transporté, et mentalement je me promenais sur les bords de la rivière. Je me voyais en train de regarder couler cette eau limpide, j'entendais les courants glisser le long des gros galets, et mon regard se perdait dans les bouillons au pied de petites cascades, où un cincle plongeur disparaissait pour trouver sa nourriture.

Il m'en fallait peu à chaque fois pour voyager, une voix amicale dans une atmosphère tranquille, me suffisaient pour partir ailleurs.

Emilio reprenait...

— Quand Doumé me parle de sa Corse, j'ai l'impression de retrouver mon Piémont, il me fait penser à chaque fois au ruisseau qui coulait en bas de la maison de mes grands-parents, et je me souviens qu'il n'y avait pas l'eau courante de la ville. Mon grand-père avait détourné une source avec l'aide de ses amis, ils avaient créé et empierré un petit canal pour détourner l'eau claire d'une petite source qui venait d'une petite falaise juste au-dessus de la maison, à flanc de la grande colline où broutaient les moutons …

Emilio s'était replongé dans son enfance, il revenait à ces temps difficiles qui l'avaient marqué, mais jamais il ne me racontait le même souvenir, sa mémoire restait claire comme l'eau de sa source, et lui aussi se plaisait à raconter ces histoires d'un autre temps, des histoires communes qui n'intéresseraient personne s'il ne pouvait pas m'en parler.

Je lui disais qu'il pouvait m'en raconter autant qu'il le souhaitait, j'appréciais ces conversations à brûle-pourpoint qui m'emportaient dans d'autres mondes que je ne connaissais pas. J'avais toujours ce sentiment d'apprendre, de rentrer dans d'autres communautés humaines, dans des vies qui étaient pourtant si loin de moi, mais qui me ramenaient à l'essentiel, au vécu réel, à la beauté de la vie.

Bien sûr je n'étais pas dupe des difficultés que tous avaient rencontrés dans ces vies d'avant, mais il en restait toujours quelques bribes de positif, et communiquer ainsi avec les temps passés, c'était un peu comme reconstruire un puzzle oublié, réécrire une histoire oubliée, renouer avec son propre passé.

Emilio s'était levé, il avait besoin de bouger, de mettre son grand corps en mouvement, il ne pouvait plus rester en place.

— Viens, me dit-il

Je l'accompagnais doucement vers son jardin, il avait repris sa canne et chassait quelques graviers qui le gênaient pour marcher. Il se grattait machinalement la tête, remettait ses lunettes bien en place, elles étaient légèrement salies et rayées, comme dépolies, je ne savais toujours pas s'il y voyait bien dedans, et reprenait le cours de sa conversation …

— Quand mon cerveau bouillonne comme ça, j'ai du mal à dormir et je me fatigue plus vite en journée, mis à part mes petits soucis de la nuit, je suis heureux de te dire tout cela, tu es bien le seul à m'écouter … Tu vois quand je réfléchis comme ça, j'ai comme l'impression de retrouver un vieux tableau, ou une vieille photo encadrée que j'ai décrochée il y a longtemps du mur des souvenirs, et c'est comme si je la retrouvais au hasard de mes recherches dans le grenier de mon cerveau.

Je me vois en train de souffler dessus pour chasser la poussière du temps. Mes souvenirs, c'est un peu cette image que j'en ai, un grenier plein de vieux tableaux, d'images empilées, de photos jaunies et oubliées. Elles sont là, et dessus il y a des années de poussières entassées qu'on n'arrive pas toujours à souffler. Je me fais l'effet d'un vieux monsieur tout gris qui a encore du mal à marcher et qui s'épuise à souffler encore et encore sur des photos qui n'apparaissent plus, qui s'effacent et jaunissent doucement au fil des secondes, comme dans un mauvais film.

Heureusement, il y a celles qu'on arrive à ressusciter et qu'on accroche à nouveau au mur. Alors là, j'ai l'impression d'être un vieux magicien qui jubile quand il réussit son tour et éblouit le monde autour de lui. C'est ce que je ressens en ce moment, et le fait d'avoir retrouvé mon fils y est pour beaucoup. Il m'a écouté, nous avons beaucoup échangé sur le passé de la famille, il a compris pourquoi sa mère était partie, et il a enfin reconstruit des racines sur une terre qui est la sienne et qu'il croyait perdue en allant s'expatrier loin.

— Tu vois on en revient toujours à la même idée, que les êtres sont tous attachés quelque part sur cette terre, à un lopin dans lequel ils plongent les racines de leur existence.

Il se grattait encore la tête, secouait ses cheveux, faisait semblant de humer l'air du matin, emplissait ses poumons d'une grande respiration et du bout de sa canne me montrait la pousse de ses derniers rangs de choux et de poireaux qu'il avait plantés hier pour préparer la dure saison d'hiver à venir.

— Et bien cela faisait longtemps que tu ne m'avais pas dit autant de choses sur ce que tu penses !

Chacun voit sa vie à sa façon, je suis d'accord avec toi, nous n'avons pas tous les mêmes images qui trottent dans la tête et je ne vais pas te raconter mes cauchemars ou mes rêves, mais je te rejoins dans ta façon d'imaginer. La vie est un film, et chacun en fait ce qu'il veut, chacun essaye de ne garder que le bon pour oublier le pire. Nous sommes tous pareils ...

Je mettais ma main sous son coude pour l'aider à franchir le caillou qu'il avait laissé dans la petite pente qui mène après le jardin, derrière le grillage. Il voulait me faire voir la trace d'un sanglier qui était venu fouiller sous les buissons.

— Tu n'as pas besoin de m'aider, je suis encore capable d'y aller tout seul, et puis si je me casse la figure, je me relèverai ...

Et il plantait sa canne devant lui pour s'appuyer dans son mouvement d'enjambement, passait allègrement sa deuxième jambe et rigolait ...

— Tu vois que je peux toujours le faire, ne t'inquiète pas pour moi, et si hélas je ne pouvais plus lever la jambe, ça voudrait dire que je ne pourrai plus t'accompagner dans la montagne, là ça serait terrible !

Il continuait alors sa conversation comme si de rien n'était, laissant ces petits tracas derrière lui ...

— Heureusement que j'ai mis ce grillage, sinon, il n'y aurait plus rien de mon jardin, ces bestiaux ne respectent rien, comme la terre est fraîche avec l'arrosage, ils viennent chercher des insectes et des vers qui se mettent au frais ici sous les arbustes, et heureusement aussi que la couvaison des perdrix est finie depuis la fin du printemps. J'ai eu un couple qui a niché dans les hautes herbes là-bas, ils avaient fait quatre poussins. Tu les aurais vu courir les uns derrière les autres, c'était beau à voir, et puis un jour, tout le monde est parti. Je m'étais habitué à les entendre cacaber tous les matins, les herbes sont devenues sèches, raides et la chaleur a tout jauni, mais ça n'empêche pas les cochons de faire un tour par là pour tenter de rentrer dans le jardin.

— C'est la fin de la grande saison du jardinage, tu vas pouvoir préparer tes planches pour passer l'hiver et attendre sagement que la nature fasse son travail !

— Oui ... ça va être long cette année, je n'ai plus le même engouement pour mon jardin, et depuis que Fausto est venu, j'ai une furieuse envie d'aller le voir chez lui, mais c'est trop compliqué. Je vais me résigner à attendre qu'il revienne, ils me manquent tous les trois, et le petit Luciano va grandir sans vraiment que je ne vois les changements. Je découvrirais à chaque fois un enfant qui est de plus en plus grand, sans que je n'aie eu le temps de le voir pousser, c'est comme si je semais mes légumes et que je ne m'en occupais pas, en me contentant de les ramasser quand ils sont arrivés à maturité.

La vie de maintenant ne m'épargnera pas, ils sont loin, je ne peux pas les rejoindre, et à mon âge courir le monde devient délicat.

C'est toujours cette petite musique de la solitude qui revenait, il l'assumait parfaitement, mais jusqu'à quel point. De retour sous la tonnelle, je reprenais un café avant de le saluer et je le quittais pour une longue promenade en solitaire.

Exaspérante solitude ...

En repartant de la ferme du Cengle, j'avais pris la décision d'aller jusqu'à Bibémus, aux carrières. Je m'apercevais alors, que le temps s'était couvert, que quelques nuages de cette fin d'été arrivaient du Nord-Ouest, sombres, ils n'encourageaient pas à rester dehors, ils annonçaient quelques nuées porteuses de pluies bien denses.

J'optais pour une solution différente en m'arrêtant plus tôt sur le chemin pour ne pas perdre de temps, et je revenais à une de mes anciennes promenades préférées du petit matin, du côté de Roques Hautes.

Plusieurs semaines s'étaient écoulées depuis mon dernier passage, les hordes de touristes et vacanciers étaient passées aussi par-là, et je voyais les chemins plus abîmés, plus creusés que d'habitude.

Les traces des pas inconscients avaient laissé la terre affleurer encore plus, les cailloux avaient été dérangés, certains faisant des "cairns" pour marquer leur passage. Je pestais, j'enrageais à voir les sentiers se dégrader ainsi. Ce que j'étais habitué à voir à la morte saison, n'avait plus rien de commun ce jour, et les mises en garde des instances forestières ne servaient pas à grand-chose devant tant d'irrespect.

Tout le monde voulait voir la sacro-sainte montagne Sainte Victoire, par tous les côtés. Je n'avais rien contre les promeneurs, mais je détestais les troubles qu'ils causaient inconsciemment à cette nature qui déjà souffrait des intempéries et des changements climatiques.

J'arrivais au parking de l'Aurigon et je grimpais les premières centaines de mètres sur le chemin qui mène vers plan d'En Chois, les nuages s'étaient amoncelés tout là-haut au-dessus de la Croix de Provence. Je me sentais seul à cet instant, mais dans une solitude agaçante, celle où l'on n'a plus envie d'être seul, où une compagnie serait la bienvenue.

Il était, ni tôt, ni tard, je m'y ennuyais malgré la beauté du lieu, malgré les douces lumières filtrées par les nuages gris. Le paysage était reposant, la nature semblait sereine, pourtant je ne m'y sentais pas à mon aise, il y avait comme une lourdeur dans l'air. Je n'avais pas remarqué derrière moi, que de gros nuages plus noirs, s'étaient amoncelés au-dessus des collines autour d'Aix, et "d'un coup d'un seul", comme on dit, un éclair traversait le ciel dans un fracas extraordinaire, qui résonnait longtemps en rebondissant dans les collines. Les oiseaux s'étaient tus, et entre deux roulements de tonnerre, je ne percevais que la lourdeur de l'air qui écrasait tout, je n'entendais plus aucun bruit comme si le monde s'était arrêté de respirer, les feuilles ne bruissaient pas, les oiseaux ne traversaient pas le ciel, les chiens n'aboyaient plus dans le lointain, et sous les pins, l'air épais devenait presque menaçant. Je ne m'y sentais plus à l'aise, je n'avais plus qu'une seule idée, celle de rentrer me mettre à l'abri assez rapidement.

Cependant, la beauté de la nature se perçoit le plus souvent dans ces moments intenses, ces moments de bouleversements dans lesquels l'homme se sent si petit, et si fragile devant les déversements de forces occultes.

À chaque coup de tonnerre, résonnaient en moi les peurs ancestrales de la nature déchaînée, j'imaginais être très démuni face aux violences du ciel, aux tempêtes, aux bruits monstrueux de l'orage qui éclate juste au-dessus.

J'enfilais rapidement une veste légère et imperméable, que j'avais toujours dans mon sac à dos, je m'encapuchonnais, bien serré, je protégeais mon appareil photo, et je me préparais au spectacle en m'enfonçant au ras de la terre dans un petit vallon loin des grands arbres.

Le paysage si doux habituellement à mes yeux était devenu dantesque, le ciel noir m'avait rattrapé, et avançait vers la montagne. Du bas de mon vallon, je voyais les nuées se déchirer, s'entremêler le long des falaises, brassées par tous les vents du diable, elles se jetaient sur les parois puis se mélangeaient et se diluaient entre elles dans le brouhaha orageux.

Un éclair plus violent venait de frapper un vieux pin très au-dessus de mon point de vue et je l'entendais craquer comme s'il avait explosé. Je me suis senti tellement petit que je me suis recroquevillé près du gros rocher qui m'abritait, attendant que le long roulement du tonnerre finisse son vacarme au milieu des roches qui se renvoyaient les grondements comme si elles jouaient à un jeu de boules et de quilles. Un coup de vent plus violent venait à faire apparaître les cimes des arbres au loin, un soupçon de bleu vite balayé m'avait averti que l'orage passait.

J'étais rassuré, la pluie ne m'avait pas atteint, et dans un élan de bonté le ciel chassait la lourdeur de l'air en balayant les nuages sombres, les emportant vers l'Est à toute vitesse. C'était un de ces orages de chaleur que la montagne avait l'habitude de voir en cette saison, qui s'était rapidement déchaîné, sans prévenir, arrosant parcimonieusement quelques collines, arrachant dans sa colère quelques arbres sur les hauteurs, semant des gouttes grosses comme des perles sur les roches, provoquant la panique partout où il répandait ses colères.

Je m'étais senti bien seul alors, mais je n'avais pas eu vraiment peur, je savais que cet orage causé par les chaleurs intenses des derniers jours, ne durerait pas. L'air sentait l'humidité profonde, la poussière, une odeur de terre se dégageait enfin du sol à peine mouillé, quelques oiseaux se risquaient à voleter de branche en branche et la nature reprenait le cours de sa vie normale, d'une journée tout à fait ordinaire.

J'étais dans ma solitude béate, je regardais les sommets se dégager lentement de leur gangue de nuages. Du bleu, du blanc, du gris, toutes les couleurs traversaient le ciel qui se nettoyait et se refaisait une beauté pour parader au-dessus de la montagne. Sur le retour, n'ayant toujours pas envie de rentrer, je m'étais assis au bord du talus qui borde le sentier, sur une grosse roche grise qui affleurait en haut de la colline. Devant moi, un pin courbé se penchait vers le sol, il faisait comme une révérence à la montagne, à son pied, une cohorte d'herbes jaunies, longues et dures, se penchait dans le même sens comme pour saluer la montagne au loin. J'avais le sentiment d'être entouré d'une foule bruissante, qui regardait l'immuable masse rocheuse s'éclaircir aux rayons du soleil qui traversaient alors les derniers nuages.

Tout me paraissait vivant, bruyant presque, et j'avais alors oublié ma solitude, je l'avais abandonnée en bas dans les vallons perdus. Le monde était redevenu beau, il me prenait à témoin, il me donnait de la force, et le petit rayon de lumière qui venait à passer entre les pins, arrosait de sa brillante blancheur les buissons de cistes et de romarins, et me réchauffait aussi le dos et le coeur.

J'avais alors ce sentiment que la nature était généreuse, elle me réconfortait et me rappelait que le monde était d'une beauté sauvage incontrôlable, qu'il fallait la regarder quand elle se présentait, qu'il fallait en profiter tant elle était éphémère dans sa grande fragilité.

Simplement, en redescendant le chemin, je me disais que dans cet instant de solitude, égaré au milieu d'une nature débordante, je regrettais seulement d'avoir été seul à profiter de ce spectacle, être à deux sous les nuages menaçants pour contempler l'orage qui se déchaîne, aurait été tellement mieux. J'avais envie de partager ce moment où l'émotion emporte tout sur son passage comme l'orage sur la montagne.

Olivier, sa ville, sa vie ...

Les chaleurs de cette fin août avait calmé mes ardeurs de marcheur. J'avais besoin de fraîcheur, de vie, de ville un peu, de mouvement, je voulais voir du monde. Ce samedi matin, j'avais appelé Emilio pour qu'il m'accompagne à la ville pendant une matinée, c'était jour de marché à Aix-en-Provence. Il avait refusé, il n'était pas en forme pour marcher dans les rues, mais je pense qu'il n'avait pas voulu me vexer et ne voulait surtout pas se confronter à la foule dans les rues.

Ne voulant pas m'y trouver seul, j'appelais Olivier qui acceptait d'emblée de me guider dans les rues qu'il connaissait si bien.

Nous nous sommes retrouvés en bas de la ville, dans la foule bien sûr, pour une longue promenade au travers des rues qui traversent les marchés. Du monde, il y en avait partout, une vraie fourmilière, ce qui me changeait des collines, mais le bruit faisait partie intégrante de cette vie citadine, je m'y confondais, je m'y trouvais plutôt à l'aise.

Olivier marchait à côté de moi, il avait l'allure des jeunes hommes de la ville, bien habillé plein d'une belle énergie, le sourire facile. Il saluait de temps à autres des gens qu'il avait connus, des amis dans les boutiques, il semblait tellement à l'aise que j'étais confus d'être un peu perdu au milieu de tout ce monde.

— Ne t'inquiète pas, ici je connais tout le monde, ou presque dit-il en riant … Depuis que j'ai créé ma petite agence, je me régale. Tous les jours je rencontre des gens intéressants, d'autres moins parfois, mais dans l'ensemble mon boulot m'apporte ce que j'aime ici, la vie en ville. La ville d'Aix est pour moi comme un poumon, j'y trouve de la vie intense, le jour avec le boulot, et le soir avec les copains on fait restos et boites de nuit … Je vis à cent à l'heure et quand je suis fatigué de tout ça, je vais voir Emilio, ou je rejoins Doumé pour une partie de pêche … et je viens de temps en temps avec toi dans la montagne !

Tu vois ma vie est bien remplie, je n'ai guère de temps pour aller autre part, d'ailleurs mes parents à Trets se plaignent un peu, ils me disent qu'ils ne me voient pas assez souvent. Mais je te l'ai toujours dit, je n'aime pas cette vie étroite de petite ville dans laquelle ils se sont installés, j'ai l'impression d'y mourir à chaque fois que j'y vais …

— Tu exagères, même si c'est un peu vrai qu'il n'y a rien à faire là-bas, je te le concède !

Nous marchions d'un pas léger, et de rue en rue, Olivier me détaillait les endroits qu'il connaissait. De la rue Esparriat, nous sommes passés rue Bédarrides où il me faisait voir un des beaux appartements qu'il avait vendus, il y a peu de temps à un touriste américain, puis nous avons continué toujours dans une foule dense jusqu'aux Cordeliers où il avait un ami qui tient un restaurant au milieu de la place.

— Je t'offre un café, on va le prendre chez mon pote qui tient le resto de pâtes italiennes, tu verras on y sera bien, et à cette heure il n'y a pas encore trop de monde, et le café italien j'adore ça !

— Allez volontiers, ça nous fera une pose !

— Ici, je viens chaque semaine, au moins deux fois pour l'ambiance. Tu sais que le soir, c'est quand même l'endroit où il y a le plus de mouvements, tous les jeunes et les étudiants se rencontrent ici, dans les petits restos et bars et mangent sur place, et comme c'est piétonnier, c'est devenu un centre qui attire ceux qui aiment la ville et la vie le soir après le boulot, surtout quand il fait beau. C'est ce que j'apprécie aussi dans cette ville, ça bouge et on se sent rester jeune !

Il me parlait de sa ville comme s'il n'avait jamais connu un autre endroit, il avait oublié sa ville de naissance, et cette grande ville bruyante et mouvante était devenue son monde de coeur, celle dans laquelle il faisait ses affaires, il y menait sa vie, s'y promenait comme dans son jardin, et y rencontrait tous ces gens que je n'avais pas l'habitude de voir. Il s'y sentait à l'aise, comme je pouvais parfois y être perdu, même à côté de lui, j'étais un touriste venu voir un autre monde.

— Quel cirque, lui disais-je, il y a vraiment trop de monde ! J'aurais du mal à y vivre maintenant, j'ai fait ma vie au calme et je ne sais pas comment tu fais pour supporter tout ce brouhaha permanent. C'est plus le bruit qui me dérange que les gens, et les odeurs aussi, en fin d'été comme aujourd'hui, j'ai le sentiment de me trouver dans une fourmilière qui dégage de fortes odeurs incommodantes dans ces rues du centre !

— C'est la ville dit-il, avec ses avantages et ses inconvénients, mais je l'aime comme ça, j'y suis habitué maintenant … Alors ce café, comment tu le trouves ?

— Très bien lui-dis-je, il me rappelle tous mes souvenirs de Florence. J'ai fait plusieurs séjours en Italie et la Toscane est mon endroit préféré, avec cette ville magique qui garde toute sa beauté historique et artistique. Je trouve que Aix lui ressemble un peu, les rues anciennes, les gens, les bâtiments, les couleurs, la vie … Quand je viens ici, c'est toujours par plaisir, je fais le curieux, je regarde derrière les porches, je traverse des cours, je regarde les vieux bâtiments, je scrute les couleurs, j'apprends de son histoire, et chaque fois j'ai l'impression de me retrouver dans la ville de Florence !

— Oui, ceux qui aiment l'Italie retrouvent un peu ici les mêmes ambiances, mais c'est dû au fait que nous avons une proximité culturelle et architecturale je pense …

Olivier, partait lui aussi en voyage dans son imagination, il n'avait pas voyagé en Italie comme j'avais pu le faire et n'avait pas les mêmes références que moi, mais il savait aussi imaginer et partir ailleurs.

Pour moi, il y a certains coins de la région qui me rappelle un peu la Toscane, mais en moins beau hélas ! lui dis-je … Par contre la ville, dans son vieux centre historique me rappelle terriblement des villes comme Florence, Arrezzo et un peu aussi des petites cités comme celles qu'on trouve plus au Sud. Toutes ces villes ont des couleurs, elles chantent la vie, elles bougent, et c'est ce que j'aime retrouver quand je viens un peu ici …

— Je ne connais pas la Toscane comme toi, mais tu vois, c'est pour ça que j'ai quitté Trets, je m'y ennuyais à mourir et la vie ici me correspond mieux. Allez viens, je t'emmène chez moi, on peut déjeuner rapidement là-bas au restaurant juste en dessous de l'appartement.

Il me faisait traverser la ville par la place de la mairie, on redescendait par le marché aux fruits et légumes place Richelme, puis par rue Bédarrides pour rejoindre le Cours Mirabeau. Du monde, il y en avait plein les rues, on se bousculait à chaque entrée de boutique, les gens parlaient fort, je devais m'approcher d'Olivier pour comprendre tout ce qu'il me disait.

Il faisait chaud dans ces rues à l'abri du vent, on était tout de même dans un calme relatif, les piétons restaient dans leur admiration béate des boutiques, les touristes regardaient les bâtiments, les couleurs, la vie et nous marchions vite entre les agglutinements de gens dans toutes les rues traversées. Il me faisait marcher vite en descendant vers le cours Mirabeau, il connaissait sa ville par coeur et n'avait pas envie de traîner. Derrière une lourde porte ancienne en bois sculpté, il me faisait grimper des escaliers en pierre de Rognes, avec des rambardes métalliques ourlées à l'ancienne pour arriver tout en haut d'un troisième étage.

— Ah oui … je comprends pourquoi tu n'as pas envie d'aller ailleurs en ville !

Son appartement coquet, composé de trois belles pièces, meublé sobrement entre meubles de famille et quelques étagères modernes, donnait sur de grandes fenêtres ouvertes sur l'avenue. Il dominait presque la tête des vieux platanes et une vague de lumière inondait le salon duquel j'apercevais tout le Cours avec ses marchands ambulants du samedi. Le brouhaha de la vie commerçante en bas était atténué par le feuillage qui bruissait doucement sous le vent chaud, et je ressentais combien il pouvait apprécier sa situation en pleine ville.

— Quand j'ai commencé mon agence, j'ai eu la chance de rencontrer une vieille dame très gentille, qui voulait partir chez ses enfants, et elle m'avait demandé de lui trouver des clients pour la reprise. J'avais un peu d'économie et mes parents m'ont aidé pour racheter et rénover ce « trois pièces ». Depuis presque dix ans maintenant je vis ici, toujours avec le même plaisir, la ville est devenue mon refuge, et comme tu le sais, je vis seul et ma liberté de mouvement serait bien entravée si j'habitais à Trets.

— J'en conviens ... Pour moi, il n'y a qu'une seule chose qui me dérange, les escaliers et peut-être le bruit de la ville.

— On s'y fait très bien, me dit-il, au début je dormais mal, puis on finit par s'y habituer, en plus je peux me lever tard, mon bureau est à deux pas d'ici ! Contrairement à vous tous, je me suis attaché à la ville, mais tu vois je n'irais dans aucune autre ville, même pas Marseille que j'aime bien pourtant, je suis devenu un citadin forcené, mais j'aime beaucoup aller dans la nature, c'est surtout grâce à Fausto qui m'emmenait toujours chez son père, il m'a fait courir la Sainte victoire ce bougre, et moi je le sortais la nuit en ville avec les copains.

Je t'emmène déjeuner "Aux Deux Garçons", j'ai un copain serveur là-bas, et c'est plus pour le cadre que pour la nourriture, c'est une bonne brasserie, et je m'y trouve bien. D'ailleurs quand j'invite des clients à prendre un verre, je les emmène toujours là.

En attendant de nous faire servir le petit menu du midi, autour d'un apéritif léger, il me parlait de sa jeunesse, de ses rencontres, un peu de sa vie chez ses parents, mais restait surtout centré sur tout ce qu'il aimait dans sa belle ville d'Aix.

— Je connais bien ma Provence, tu sais ! ... je vis à la ville toute la semaine, mais je fais pas mal d'affaires aussi en dehors. Depuis que j'ai rencontré Doumé, nous faisons de la rénovation ensemble sur de petites propriétés à la campagne, je vends les maisons et Doumé les remets en état selon le goût des clients, c'est une affaire qui roule !

Je savais par Fausto que cette alliance avait été profitable à tous, ils faisaient équipe tous les deux dans le travail, un peu comme une famille, ils s'entendaient vraiment très bien, comme deux frères, le volubile Olivier et le taiseux Doumé. Il reprenait aussitôt ...

— Avec Doumé c'est une entente parfaite, en plus on connaît tous les deux Fausto et pendant nos vacances on va souvent à la pêche au Verdon, on forme un sacré trio, dommage que maintenant Fausto soit si loin de nous !

Il l'avait avoué à demi-mot, avec une sorte de tristesse dans la voix, son regard s'était perdu au loin derrière les fenêtres grandes ouvertes, comme s'il était parti voyager.

— Je vois qu'il vous manque à tous ! ... Chacun m'en parle, et heureusement que vous avez la chance de vous retrouver ici.

— J'ai décidé d'ailleurs d'aller faire un séjour chez lui aux prochaines grandes vacances, on a prévu un plan avec Doumé pour aller chez Fausto et Jenna pour visiter ses montagnes et aller à la pêche dans les très grandes rivières à saumons, elles sont réputées, j'ai hâte, c'est encore loin ! ...

— Tu as bien raison lui dis-je, en plus tu feras plaisir à Emilio, tu pourras lui raconter ... l'autre jour il m'a fait comprendre qu'il renonçait à un si long voyage, il ne trouvait pas raisonnable de faire autant de démarches et de dépenses pour lui, et il préférait que Fausto revienne aux vacances, ce qu'ils ont convenu ensemble.

— Oui je sais, je le lui ai proposé aussi, et quand je lui ai parlé de notre projet, il m'a dit qu'il ne pourrait pas nous suivre, les jeunes avec les jeunes m'avait-t-il répondu … Dommage j'aime tant Emilio, que j'avais un peu de peine pour lui, mais je comprends et les craintes qu'il a, sont certainement justifiées compte tenu de son âge, même s'il reste très alerte … je crois qu'il a un peu peur de prendre l'avion, il ne l'a jamais fait de sa vie et il n'a pas l'âme d'un aventurier.

Olivier continuait à parler, il n'arrêtait pas tant il avait à me raconter, son ami serveur venait de nous apporter le plat unique que nous avions choisi, des pâtes à l'encre de seiche comme en Italie, il nous laissait à notre conversation tout en demandant quelques nouvelles de Doumé, qu'il n'avait pas vu depuis quelques temps, lui aussi. Il lui répondit qu'il avait plusieurs chantiers en cours et qu'il ne traînait plus pour l'instant, toute son activité était là-haut sur le plateau autour de Valensole.

Olivier reprenait aussitôt, entre deux bouchées …

— Figures-toi que le seul voyage que Fausto avait fait avant de partir aux States, c'est avec moi qu'il l'a fait. Un soir de sortie on avait fait un pari idiot, je ne sais plus à propos de quoi, et j'ai gagné le droit de décider de faire quelque chose qu'on n'avait jamais fait, ni l'un ni l'autre. On était bien éméchés, et en passant devant une devanture d'agence de voyage, je le mettais au défi de m'accompagner en voiture à Venise … Il l'a accepté. De ce jour, on ne s'est plus quittés, nous étions devenus les meilleurs amis du monde …

— Il ne m'a jamais dit ça, et la dernière fois que je lui ai parlé du souhait de son père de revoir son Piémont natal, il ne m'a rien dit, il est resté évasif, comme avec une idée en tête, puis il finit par me dire qu'un jour il emmènerait Emilio retrouver ses traces, et on en est restés là !

— Je ne suis pas surpris, lui dis-je, il a comme des pudeurs dans sa tête, il aime tellement son père qu'il n'a qu'une obsession secrète, celle de l'emmener sur les pas de leurs ancêtres.

— Quand nous sommes allés à Venise, sur le retour nous avons fait un crochet par Bergame, Milan puis Aoste, et Fausto me parlait déjà d'y revenir avec son père, c'est une belle histoire et son projet est un projet d'hommes, ils le feront ensemble bientôt d'après ce que je sais, mais tu ne dois pas en parler à Emilio, s'il te plaît, il m'a demandé d'être secret là-dessus, ce sera une surprise, et je compte sur toi pour rester bouche cousue.

— Entendu ! ... lui dis-je

On avalait rapidement dessert et café, je rentrais chez moi en passant par la route qui mène par les arrières de la Sainte Victoire, Saint-Marc-de-Jaumegarde, Vauvenargues et retour par la route de Pourrières. La tête pleine d'idées et de projets moi aussi, après cette conversation revigorante, j'étais à nouveau en attente, j'avais aussi envie de partir, retrouver à minima, cette Italie qui m'avait tant charmé, tant apporté au niveau culturel, et c'est tellement beau que j'y aurais bien vécu, comme ici, mais ma vie était en Provence et jamais je n'avais regretté ce choix.

Un début du jour, comme une renaissance ...

Ma vie entrecoupée d'activités diverses et variées entre jardinage, entretien de la maison, visite aux amis proches et promenade en nature se trouvait bien remplie.

Pourtant comme souvent après des périodes de changements, la montagne m'appelait, une fois de plus je répondais à son appel, à ce besoin profond de me retrouver sur les pentes rocheuses, à profiter d'un rayon de soleil, ou même à me sentir bien sous une couche nuageuse qui donnait des couleurs si différentes au massif.

Je me levais dès cinq heures du matin, il y avait trop longtemps que je n'avais pas admiré la nature de bonne heure. L'été tirait à sa fin et les couleurs de l'automne commençaient à se faire présentes sur les buissons et les arbres.

Emilio m'avait appelé hier soir, il voulait lui aussi sortir un peu de son univers du jardin, de sa maison qu'il trouvait parfois trop étroite. C'est surtout lorsqu'il n'était pas sorti depuis quelques temps qu'il parlait ainsi, qu'il se plaignait de son jardin pas assez grand, de ses pièces trop petites pour recevoir sa petite famille américaine, il ronchonnait, je crois surtout qu'il en avait marre de sa solitude, qu'il avait besoin d'air et de compagnie.

Je le retrouvais vers six heures chez lui, le portail était déjà ouvert, et sur la table dehors, il avait mis deux bols, du sucre et une boite où il réservait toujours des gâteaux secs.

Comme à son habitude, il ne voulait pas partir sans un petit moment de partage autour de cette table, elle était le centre du monde, de son monde d'amitié et de famille tant que la saison était belle.

À cette heure matinale, le temps était suspendu dans un grand silence, on sentait que la chaleur viendrait dans la journée, c'était une de ces merveilleuses journées d'un automne chaud, un jour d'été indien, que l'on sent venir dans ses veines, et qui nous dit qu'il faut en profiter avant les prochaines semaines plus humides, plus froides.

Un léger vent de Sud, passait loin de la maison, le ciel s'empourprait tout doucement et le soleil dans sa grande bonté matinale arrosait d'abord les crêtes au-dessus du col de Saint-Ser d'une douceur de miel, légèrement violacée comme une couleur de bonbons à la violette, ou comme toutes ces fabuleuses couleurs que je trouvais en début juillet sur les lavandes sur les hauts plateaux du côté de Puimichel, de Lurs ou Banon, quand tous les champs fleuris sont à l'unisson du ciel et se renvoient les uns aux autres, des couleurs bleutées et violettes comme dans un grand jeu où chacun essayent d'impressionner et de se montrer sous ses plus beaux atours.

Emilio venait de sortir, il avait allumé la petite ampoule qui pendait sous la tonnelle, il tenait dans sa main droite sa vieille cafetière italienne en aluminium, celle où le café bien tassé est au-dessus, et quand l'eau bout en dessous et vient l'arroser, on entend d'abord le glouglou, puis ensuite cette odeur intense qui arrive aux narines et qui vous dit que le breuvage aromatique est prêt.

— Emilio ! … pose ta cafetière et va éteindre cette ampoule, et viens ici avec moi, la lumière est magique ce matin, regarde comme le ciel est superbe, toutes ces couleurs du bleu profond en passant par des cyans teintés de rose, puis ce jaune qui arrive … C'est la magie du lever du jour, les courageux sont toujours récompensés …

Nous sommes restés debout l'un à côté de l'autre, quelques instants d'éternité nous avaient traversés, silence dans la nature, couleurs dans le ciel, ombres dans les fourrés, nous n'entendions que nos respirations, comme si nous prenions la mesure de la puissance de ce monde en plein éveil. Puis doucement, quelques oiseaux au loin faisaient entendre leurs premiers chants, pour accompagner la lumière. Les teintes du ciel perdaient alors peu à peu de leur puissance, se diluant de plus en plus dans la lumière intense d'un soleil radieux.

— Il n'y a rien de plus magique, on dirait que toute l'énergie du monde et de la journée se réveille à cet instant, me dit Emilio …

Souvent quand je suis tout seul, et que je ne peux plus dormir aux aurores, je me lève et je sors en pyjama pour scruter l'Est, et souvent j'ai la chance de voir des ciels extraordinaires, ça ne dure que quelques minutes, et après je cours prendre mon petit déjeuner parce que souvent ici sur le plateau, il y a un peu d'air de la nuit qui reste, et il ne fait pas chaud quand on sort de la maison. J'ai cette chance de pouvoir voir tous ces ciels depuis la fin avril jusqu'à maintenant, en hiver je n'ai pas le courage de sortir quand il fait froid, et va savoir ... je pourrais attraper un mauvais rhume !

De retour sous la tonnelle, il avait rallumé l'ampoule, elle se balançait sous la légère brise chaude, les feuilles jaunies de la vigne qui couraient entre les feuilles de glycine semblaient se frotter entre elles, la chaleur du jour commençait à monter et le bruit de nature vivante nous parvenait dans un semblant de roulement lointain, mélangeant les chants des oiseaux, les bêlements de quelques moutons qui se réveillaient sur le plateau, le bruit des moteurs de voitures et des gens qui vont travailler.

Le monde se réveillait et nous prenions tranquillement un café bouillant qui nous réconfortait jusque dans l'âme.

Après ces quelques instants de répit, Emilio, s'était vite préparé, légèrement habillé pour supporter la chaleur, mais sans avoir oublié son chapeau à large bord qu'il s'était déjà enfoncé sur la tête. Il me faisait sourire dès ce matin, il avait mis un vieux pantalon en toile bleue, de celle qu'on utilise quand on travaille dans un atelier de mécanique, et avait enfilé une vielle chemise à carreaux avec une poche de poitrine à moitié décousue ...

— Tu ne vas pas passer inaperçu ! Lui dis-je de façon ironique ...

— Il n'y a personne à cette heure et je ne vais pas faire un défilé de mode, trop facile de se moquer ! ... et tu ne sais pas ce que c'est que de vivre seul, vraiment tout seul ! On ne voit plus le monde comme les autres ...

Il avait raison, je n'avais pas envisagé la chose de cette façon aussi simple et il m'avait remis à ma place avec cette gentillesse qui lui convenait si bien et reprenait aussitôt ...

— Aller on va à L'Oppidum ce matin, il va faire bon et ce n'est pas trop haut, on aura tout le temps d'admirer les couleurs de la montagne avec le soleil qui va monter. Dans le chemin qui grimpe, je te ferai voir toutes ces plantes qui changent de couleurs et ces petits fruits mûrs que tu ne connais pas, et aussi ceux que les oiseaux mangent avant l'hiver mais qu'on ne goûtera pas, je ne voudrais pas t'empoisonner !

Il riait de bon coeur, il avait eu le réveil facile et sa bonne humeur transparaissait dans tous ses mots, il était heureux d'être simplement en promenade, il pouvait partager ses connaissances.

— Tu as entendu les chardonnerets, ils ne sont pas loin lui dis-je en lui indiquant la direction.

— Oui, bien sûr, en ce moment ils se réfugient dans les vallons, il y fait plus chaud à la nuit sous l'épaisseur des feuillages des chênes rouvres et des kermès. Je les aime bien, ce sont de sacrés chanteurs, je ne me lasse pas de les écouter quand ils viennent près de la maison !

Nous grimpions lentement le chemin de terre rouge, l'un derrière l'autre, chacun faisant à son tour part de ce qu'il entendait ou remarquait, c'était comme une "leçon de choses" que l'on vivait et animait en direct, l'école buissonnière en quelque sorte.

Arrivés sur le plateau en haut près de l'Oppidum, nous nous sommes assis, guettant tous les oiseaux qui passaient, regardant le soleil inonder de lumière fade tous les sommets lointains au-dessus des Deux Aiguilles. Emilio reprenait une longue respiration entre deux phrases, il savourait l'air doux du matin, il regardait le ciel blanchi et me dit, en se tournant vers la grande falaise au-dessous de la croix :

— Que le temps passe vite ! Déjà l'automne, bientôt l'hiver, les journées vont être longues, je vais me languir en pensant aux enfants et on ne pourra plus sortir autant, ni voir autant de monde.

Il avait son air pensif que je lui connaissais bien, ces moments où tout à coup il rentre dans ses pensées, où son esprit galope à toute vitesse et tout ce qui l'entoure disparaît dans la seconde. Assis l'un près de l'autre, la conversation était une nécessité, trop de temps était passé sans que nous ayons eu un mot ensemble, et que son esprit ait pu se décharger de ses émotions profondes.

— Tu sais … me dit-il, retenant ses mots … en vieillissant, je pense souvent, trop souvent, au temps qui passe … c'est comme une obsession qui me dévore surtout depuis que j'ai retrouvé Fausto, et que je sais qu'il est loin. Je me demande des fois, comment peut-il envisager sereinement son avenir sans avoir connaissance de son passé ? … quand je pense à sa vie, je me dis que "Vivre, c'est se projeter, c'est l'art de tenir compte de ses expériences et de celle des autres, de sa famille, de son environnement ".

Il monologuait, perdu dans ses propres pensées, toute son affection, tout son amour pour ses enfants ressortait alors, il était un être pensant, il n'était plus celui qui se laisse approcher dans les jours de tous les jours, avec un simple sourire sans incidence.

— C'est pour cela que la famille proche ainsi que les ancêtres ont tant d'importance, lui répondis-je en n'oubliant pas la promesse que j'avais faite à Olivier de ne rien lui dévoiler des projets de Fausto.

— Le partage et la proximité d'idées prévaut sur l'expérience hasardeuse, dit-il encore …

Regardant dans le vide, il plongeait son regard absent dans son propre passé, repoussant les limites de sa propre vie dans celles de ses grands-parents et parents, à qui il pensait devoir tant de ce qu'il savait aujourd'hui.

Je le laissais un instant dans ses retours si importants dans les temps d'autrefois, je revoyais moi aussi ces mêmes images photocopiées dans mon ADN, et je savais tout le bonheur qu'il y a à replonger dans ses racines, même incomplètes, même si le temps et la mémoire les avaient déformées ou effacées partiellement. Mais je savais aussi toute l'importance dans cette relation au temps, qu'il n'y a pas d'avenir serein possible sans références au vécu. Je lui disais alors :

— Le temps est compté pour chacun de nous, profitons des vrais moments qui nous sont donnés, soyons charitables avec nous-mêmes pour l'être aussi avec les autres et puisons notre énergie et nos envies de vivre dans tout ce qui nous entoure …

En regardant ce paysage grandiose qui nous entourait, je me rendais compte que nous étions bien fragiles sur cette terre et que toutes ces réflexions qui nous envahissaient n'avaient qu'un seul but : nous réconforter, nous apporter un peu de paix et de certitudes dans ce combat qu'est la vie jour après jour. Je n'y échappais pas, et Emilio non plus, nous étions si différents et si proches pourtant, que je me disais que ces conversations n'étaient plus le fruit du hasard, nous avions perdu l'habitude de parler pour ne rien dire.

La vie revêtait tant d'importance pour nous deux, que nous partagions des mots essentiels, que nous seuls pouvions engager l'un pour l'autre. En cela, notre amitié était devenue un vrai pacte de vie, un partage dans l'absolu, jusqu'à plonger au fond de nous-mêmes pour retrouver les traces de ce qui nous avait construit et amené à être ensemble dans cet instant.

Curieusement, nous avions la chance de prendre les idées comme elles nous venaient, nous n'avions pas de crainte à dire ce que nous pensions, chacun étant à sa juste place, on ne pouvait que partager et comprendre ce qui nous importait. Emilio sortait de ses pensées et me disait doucement :

— Quand je pense à mon fils qui est loin, avec ce qu'il a osé faire de sa vie, je me dit : "Qu'on n'apprend pas à combattre les tempêtes en restant enfermé dans sa cave." Affronter le monde pour se construire, c'est ouvrir son attention aux autres, c'est tenter de comprendre et d'améliorer. Et je pense que Fausto a réussi, il a trouvé sa voie, ce qui ne l'empêche pas de revenir sur ses pas, et retrouver ses racines sans peur.

— Oui … lui répondis-je, c'est l'apanage des jeunes, des entreprenants, de ceux qui ne craignent pas de se confronter aux difficultés et à l'inconnu. Leurs expériences avec celles de ceux qui sont venus avant eux et qui les ont guidés est un atout majeur. Sans être dans le combat difficile ou lointain, il y a aussi tous ceux qui s'impliquent dans une vie quotidienne et qui font références à leurs familles et à ce qu'ils en ont appris. C'est ce qui fait aussi la différence entre nous tous.

— Tu penses à qui me dit-il ?

— Oh simplement aux copains de Fausto, tu sais Olivier et Doumé, ils sont restés là, mais ils ont aussi leurs propres combats qu'ils mènent différemment, mais ils ont beaucoup de points communs avec ton fils.

— Oui c'est aussi pour ça que je les aime bien tous les deux, ils me rappellent de bons moments, et en plus ils me parlent de Fausto quand ils viennent me voir, ça me fait du bien !

Le soleil montait graduellement et inexorablement dans le ciel au-dessus de l'Oppidum. La chaleur de cette journée d'automne s'accentuait et nous commencions à avoir chaud. Notre conversation nous avait pris tout notre temps, nous avait emporté une fois de plus dans un long échange, nous en avions oublié toute cette beauté qui nous entourait à laquelle nous étions si habitués. Les roches grises s'étaient réchauffées, les herbes partout autour de nous, devenues jaune paille, étaient séchées par les vents, les genévriers avaient encore quelques baies brunes accrochées dans les branches et la terre rouge brûlée au soleil et aux vents de l'été paraissait plus blanche, plus terreuse, et poussiéreuse. Ne tenant plus sous le soleil, n'ayant plus de mots à partager dans l'instant, nous nous sommes levés pour redescendre doucement.

Emilio, marchait tranquillement, il ramassait de temps en temps un brin de sarriette, un brin de thym ou de romarin, il s'arrêtait et le froissait dans ses mains avant de respirer profondément les parfums qui s'en dégageaient, il ne disait rien mais il absorbait les senteurs comme pour fixer ses souvenirs, il était dans sa montagne, comme il était aussi ailleurs dans ses pensées, peut-être partait-il dans son Piémont natal, pour retrouver quelques odeurs et sensations dans le fatras de ses souvenirs si lointains. Nous sommes rentrés à petite vitesse, avant le midi, pour éviter les chaleurs excessives et les lumières trop blanches, nous promettant de refaire d'autres matinales aussi agréables avant la mauvaise saison, avant que le mistral et les pluies viennent gâcher les belles lumières de l'aurore.

Doumé, l'ami incontournable …

C'était un jour de septembre, au tout début du mois, je venais à peine de quitter un appel téléphonique avec Frédéric, mon fils cadet, que Doumé arrivait à la maison. Depuis la semaine passée, nous avions prévu d'aller dans sa maison en rénovation, je devais l'aider à finir quelques travaux qu'il ne pouvait faire seul, et nous avions en contrepartie prévu une séance au bord de la rivière. La fin de la saison à la truite approchait et comme tout bon pêcheur nous ne voulions pas quitter les rivières sans une dernière partie avant la fermeture, dans une nature grandiose et sauvage.

Le prétexte était tout trouver, et je savais que nous passerions plus de temps au bord de l'eau que dans la maison à finir des travaux qui ne pressaient pas.

Il avait préparé toutes ses affaires dans la voiture et nous sommes partis pour deux jours. De bonne heure matinale, nous avions pris la route qui mène dans les Alpes de haute-Provence par Ginasservis et Vinon-sur-Verdon, le temps se prêtait bien à la flânerie d'un matin de fin de belle saison. L'air doux nous faisait rêver aux cascades et aux truites bien musclées, aux points rouges, sauvages en diable, qui nous attendaient sûrement entre les grandes falaises. Pendant un long moment, nous ne disions mot, Doumé était absorbé par la route, par ses pensées et au programme qu'il avait concocté pour cette ultime sortie de loisir.

Route faisant, le soleil se levait au-dessus des collines, les nuages de brume avaient quitté les profondeurs des vallons, s'étaient doucement élevés sur l'horizon et nous laissaient présager une belle journée, une de celles qui font rêver les amoureux de la nature.

Les feuilles des trembles aux troncs blancs, ainsi que celles des chênes commençaient à jaunir, les romarins défleuris avaient perdu leur superbe de l'été et se séchaient aux vents et aux derniers soleils avant d'entamer leur ralentissement de croissance.

Partout, on ressentait cette descente de sève dans toutes les plantes de collines, elles étaient moins vibrantes, leurs couleurs plus ternes s'approchaient doucement des gris de l'hiver. Je pensais déjà aux journées plus froides qui nous attendaient.

— C'est la fin de l'été, qui se fait vraiment sentir cette année, j'ai l'impression que les froids vont arriver bientôt et je n'aime pas trop ces jours qui raccourcissent à vue d'oeil !

— Oui, me dit Doumé, mais pour moi, mes journées sont remplies à cette saison, tout le monde est revenu de vacances, et pour prévoir les prochains beaux jours, les clients se bousculent pour que j'avance sur tous leurs travaux en même temps bien sûr, et tous les ans c'est pareil, surtout depuis que je travaille avec Olivier, il n'arrête pas de m'envoyer des clients, et je ne vais pas m'en plaindre. D'ailleurs c'est pour ça que je t'ai dit de venir, pour décompresser avant le grand rush d'automne des petits boulots. Après à l'hiver en fonction des routes, ce sera plus calme, mais la pêche sera fermée. Tout en conduisant, il me parlait de ses petits clients comme il dit, ceux auxquels il apportait beaucoup d'attention, parce qu'il lui arrivait souvent de nouer de solides relations.

Là-haut sur le plateau, il n'y avait pas beaucoup d'artisans comme lui, capables de tout dépanner, de construire, démolir, d'agencer d'anciens intérieurs pour qu'ils deviennent agréables à l'été. Il savait qu'un ami, qu'une relation sincère pouvait être durable et comme dans toutes les terres arides, rocheuses et difficiles, le climat et les conditions de vie influent énormément sur les relations, et la fidélité y est alors un puissant allié.

Tout cela, il le savait depuis toujours, son père le lui disait encore souvent, et il en avait fait une règle incontournable. Si bien que sous ses airs de paysan un peu négligé, il y avait un sac à malices dont il usait fort habilement pour s'acoquiner avec ceux qu'il rencontrait chez ses parents, dans le village ou au bar du centre.

J'en avais parlé avec Fausto aux dernières vacances et il m'avait conforté dans mon idée que Doumé était un gagnant, un type bien et fiable et surtout qu'il avait une parole.

En passant la rivière, en traversant le pont de Vinon-sur-Verdon, il m'interrogeait sur mes souhaits pour ces deux jours, et déjà je sentais qu'il avait envie de grande nature, d'indépendance, de se sentir proche des montagnes et des arbres. Il n'était pas dans son travail, son esprit voyageait déjà au fond des gorges profondes, il entendait les eaux rouler les galets, les puissants courants verts se frotter aux rochers gris tombés dans les creux insondables et glacés des eaux émeraudes.

— Tu as bien préparé toutes tes cannes pour le Verdon ? En ce moment il est encore assez bas, je vais t'emmener dans des endroits où il ne faut pas aller tout seul, parce que s'il t'arrive quoique ce soit, le téléphone ne passe pas et il faut alors se débrouiller. Je te dis ça parce que je me suis foulé une cheville une fois, et pour revenir j'ai souffert le martyr à remonter les gorges, c'était vraiment galère ...

— Et toi, tu es prêt aussi je suppose, tes affaires de pêche sont déjà sur place ?

— Oui, j'ai juste emmené de quoi manger et quelques bonnes bouteilles, on n'aura pas le temps de faire des courses, c'est trop loin de la maison et on aura mieux à faire que d'aller dans les magasins.

— Tu as raison, et les magasins hors-saison ça ne doit pas courir les rues !

— Non, il n'y a plus personne à part quelques grimpeurs de falaises ...

Il regardait la route fixement, rentrait dans son silence et s'appliquait à chaque virage à ne pas trop me secouer. Je voyais bien qu'il connaissait cette route qui passe par Gréoux-les-Bains, il devait la faire plus vite quand il était seul.

— Je passe par la route de Valensole et même si ce n'est pas la saison des lavandes fleuries, je suis toujours en admiration devant ce paysage tout plat qui domine tous les contreforts des Alpes du Sud et change de couleurs à chaque saison.

Dans les méandres de la route je remarquais les changements de cultures, il me semblait qu'il y avait de plus en plus de lavandins, même hors du plateau, tous les agriculteurs avaient abandonné la culture des maïs dans la plaine avant Gréoux-les-bains et même au-dessus, les champs de céréales avaient fait place aux cultures fleuries de sauge et lavandins avec quelques parcelles de tournesols.

— C'est le manque d'eau ici avec le changement climatique qui les poussent à modifier leurs types de plantations et la lavande à le vent en poupe, je suppose qu'ils ont dû recevoir des aides européennes pour en faire autant.

Il me disait qu'il connaissait un agriculteur sur le plateau qui avait complètement changé ses modes de culture pour s'adapter à la demande.

— Ça, je ne sais pas, mais c'est vrai que les champs changent depuis trois ou quatre années ...

— Tu as vu Olivier ces derniers temps ?

— Oui ! ... on a quelques chantiers en cours ensemble, et il a trop de travail dans son agence en ce moment.

— La prochaine fois, il faudrait s'organiser pour qu'il vienne avec nous, j'aurais beaucoup aimé nous voir tous ensemble, et si possible on pourrait emmener Emilio aussi.

— Oui, mais tu sais bien qu'il ne veut pas venir à la pêche ici, c'est trop physique pour lui !

— On essayera un jour de l'emmener quand même au lac de Sainte-Croix, il y a toute la place pour pêcher là-bas et pas de danger depuis la rive toute plate, il serait certainement très heureux de participer avec nous tous, ça lui ferait oublier que Fausto est loin.

— Affaire conclue dit-il, j'organise ça pour la fin du mois, un jour de grand beau temps quand le lac est tout bleu, on ira faire la friture et peut être un joli brochet ... qui sait ?

Doumé était toujours partant, sa liberté d'existence le laissait libre de ses mouvements, et souvent il lui suffisait de donner un bon coup de collier pendant quelques jours pour dégager ensuite du temps qu'il consacrait à sa maison ou à ses loisirs.

Nous traversions le plateau de Valensole et avant d'arriver à la bifurcation qui mène aux gorges, il s'arrêtait au dernier croisement qui mène à droite vers Puimoisson, et en face plongeait vers la route qui mène aux gorges de l'Asse qui roule les pierres grises de la montagne. Il était sorti de la voiture et s'avançait vers le bord du plateau ...

— Regarde me dit-il, à partir d'ici, commence ma terre, je suis né à Valensole, mais je me sens mieux dans les gorges, en plein milieu de la nature sauvage, la vraie, celle qui vous prend aux tripes quand le temps change, celle qui vous surprend quand gronde l'orage. J'aime les excès de la région, les gorges sont profondes, la couleur des eaux est unique quand elle est si verte, les torrents bouillonnent, et en plus à la belle saison, sur le plateau, il y a toutes ces abeilles qui font ce miel de lavande si doux, si parfumé.

De lointains bleus en collines sombres plus proches, il me parlait de ce pays qu'il aimait tant. Il y voyait sa jeunesse, il y avait sa famille, quelques amis, mais par-dessus tout, il chérissait cet endroit qui lui donnait cette énergie qu'il partageait facilement. Doumé était un être discret, en apparence fermé, mais il avait une sensibilité à fleur de peau et me dit ....

— Je vais te raconter quelques secrets que je n'ai jamais dits à personne, tu vas comprendre pourquoi je veux vivre ici et pas à Aix-en-Provence. Oh ! il y a juste Fausto qui sait un peu, mais comme tu es là avec moi, je t'en dirai un peu plus, ça nous fera une bonne occasion de parler !

— J'apprécie ta confiance, tu sais ! ... je suis certain que ce que tu vas me dire, je le ressens déjà un peu. Vois-tu maintenant, avec Emilio et Olivier, on est tous liés aux mêmes histoires, nous avons tous des points communs, nous avons besoin de nos attaches, chacun à notre façon, nous aimons la terre, en général bien sûr, mais aussi celle sur laquelle nous vivons particulièrement, et à chacun son endroit ... comme dit aussi Emilio.

Il regardait vers les proches montagnes à sa droite vers le village de Saint-Jurs. Je l'observais depuis un bon moment déjà, sous ses abords bourrus, on avait l'impression que c'était un être fermé, distant.

Le soleil et les intempéries lui avaient tanné la peau, les travaux en extérieur lui avaient donné cette force qui émanait de lui, comme tous ces paysans, bûcherons, ouvriers agricoles, maçons, qui brûlent au soleil des hautes terres, où les rayons du soleil sont plus proches des hommes.

Son travail très physique parfois, le marquait doucement. Il avait quarante-deux ans, dont une bonne vingtaine passée dehors entre travaux agricoles, et maintenant rénovation de bâtisses. Contrairement à Olivier, il n'était pas grand, ni très fort, ni petit non plus. Dans la moyenne des hommes des montagnes, il paraissait râblé, musclé, plein d'énergie. Il avait la force de son âge et l'énergie qu'il dégageait lui venait de cette stature fière qu'il adoptait dès qu'il rencontrait un inconnu.

Je me rappelle de lui quand il était un peu plus jeune, il ne s'en laissait pas compter, et comme tous ceux qui vivent de leurs forces, avant tout dans des métiers plutôt physiques, il montrait que rien ne lui faisait peur.

J'avais surtout retenu que devant un client, devant un patron, ou devant un inconnu, il se redressait, droit comme un i, et fixait toujours l'autre de son regard noir. Son visage carré, son œil vif et inquisiteur pouvait faire la différence, et il savait que tous remarquaient qu'il avait de cette force intérieure qu'on ne défie pas.

— Avant que mes parents finissent par acheter une petite propriété à Valensole, mes grands-parents habitaient là-haut à Saint-Jurs …

Il me montrait la direction de son index droit.

— On est vraiment dans les Alpes de Haute-Provence, c'est un petit village un peu accroché à la montagne, il regarde vers le Sud et l'Ouest pour se protéger des grands froids avec la barre rocheuse au-dessus, il est la dernière porte vers les monts quand on quitte le plateau de Valensole … J'aime bien m'arrêter ici, derrière moi j'ai le pays de mes parents sur le plateau, et au-dessus, devant moi à droite, celui de mes grands-parents et ancêtres qui regardent d'en-haut. Rien qu'à cette idée, je regarde le monde d'une autre façon, je m'y sens complètement intégré.

Pourtant, cette vie qu'il imaginait, celle de ses aïeux et grands-parents qu'il gardait toujours dans son coeur, était à cette époque très difficile, entre les saisons très froides, où les hivers gèlent à pierre fendre, et les étés aux chaleurs parfois si intenses, avec tous ces orages que la proche montagne favorisait. Personne ne peut imaginer la violence des ciels tourmentés qui déferlent sur le plateau et les monts.

Il n'était pas facile pour tout le monde de vivre entre ces gros murs de maisons presque sans fenêtre, ou pour certaines, seulement ouvertes au Sud pour gagner de la chaleur et se protéger des intempéries venues du Nord.

Comme tous les enfants de cette terre dure et si belle, il était attaché à ce plateau et ses montagnes qu'il connaissait depuis toujours, sa sensibilité héritée de ses habitudes de vie, lui laissait voir les bons côtés d'aujourd'hui, entre paysages grandioses à la belle saison, rudesse apaisée d'une vie itinérante qu'il avait gagnée à la force de ses muscles et de ses divers métiers manuels, et mauvaises saisons qu'il passait le plus souvent sur Aix-en-Provence. Il s'était fabriqué une vie, il avait compris les leçons que son père si raisonnable, lui avait appris. Ils étaient venus à Valensole, pour profiter d'une vie plus douce, et plus facile au milieu du village.

Il me racontait un peu de ses parents qui vivaient toujours sur le plateau et qui maintenant avaient quitté les durs labeurs de la terre, ils étaient à la retraite, et comme il disait, ils avaient bien mérité de profiter un peu de la vie avant que la terre ne les reprenne dans l'indifférence de ce monde sans foi ni loi.

Doumé avait toujours ces mots qui changent une phrase, en ponctuant ses paroles de sentences, d'idées poétiques, d'envies folles, et parfois un peu de politique, mais elles étaient toujours pleines de bon sens.

Il s'inscrivait dans l'air de son temps, et ne laissait rien échapper, tout lui importait, tout pouvait être beau et sombre à la fois. Il commentait, il se débattait dans son monde, et comme cette génération qu'il représentait, il avait gagné en assurance et avait perdu cette résignation des êtres attachés à leur terre sans ouverture sur le monde extérieur.

— La vie devait être difficile ici dans le temps lui dis-je, il ne devait pas être simple de se déplacer pour les achats de nécessité, et à cette époque les villes n'étaient pas comme aujourd'hui ... Tes grands-parents avaient une voiture je suppose ?

— Je me rappelle un peu qu'il n'y avait qu'une seule voiture au village, j'avais une dizaine d'années et on allait avec Papi et Mamie à Manosque faire les grandes courses. C'était la Traction Avant noire du voisin qui nous emmenait tous, le samedi au moment de la grande foire. Puis après avec le progrès comme on dit, ils ont acheté une petite 4CV grise ...

— Oui j'ai un peu connu cette époque moi aussi, à la différence que mon grand-père n'a jamais eu son permis et ne conduisait pas, il prenait le taxi, et on ne se déplaçait pas autant, ni aussi simplement et souvent qu'aujourd'hui.

— Ce dont je me souviens le plus, c'était la gentillesse de ma grand-mère Marie-Louise, me dit-il ... Une femme de caractère, elle s'occupait de tout à la maison, le jardin, les poules, l'entretien bien sûr pendant que mon grand-père travaillait aux champs. Elle était toujours affairée, entre vaisselle et ménage, toujours un torchon à la main. Quand elle marchait, elle se dandinait un peu comme les canards, elle était forte et souffrait de son genou gauche. Je la vois encore avec son grand tablier à petits carreaux vichy bleu clair qu'elle ne quittait jamais. Je peux te dire qu'avec son caractère, elle faisait marcher la maison et quand je venais, il fallait filer droit ! ... Mon grand-père se levait toujours aux aurores, il attaquait de bonne heure le matin quelle que soit la saison, il partait en vélo et ne revenait qu'en fin de journée. Mamie lui avait préparé son déjeuner qu'il prenait là où il était. C'est un drôle de souvenir qui me reste, un détail d'un moment unique qui me marque encore... Je me rappelle une fois, on l'avait rejoint avec mon père, juste pour voir ce qu'il faisait, il était assis sur une grande pierre blanche près du vieil amandier qui bordait un champ, et mangeait un casse-croûte à l'ombre, il avait son grand chapeau en paille sur la tête. Drôle de déjeuner, il avait un quignon de pain, avec un grand morceau de lard dessus, que Mamie lui avait fait cuir, et il coupait des morceaux d'ail frais du jardin pour accompagner le tout. Je me souviens, il m'en avait fait goûter et depuis j'ai toujours gardé ce goût dans ma mémoire. Je me rappelle aussi qu'il m'avait assis sur la pierre à côté de lui, et m'avait pris dans ses bras pour me serrer bien fort, il sentait la terre !

La lumière frémissait autour de nous au travers des feuilles de l'amandier qui ondulaient doucement, il y a toujours de l'air sur le plateau, et je me sentais vraiment bien ... C'était un bonhomme dur à la tâche, il n'avait jamais peur d'aller au travail, et quand il avait fini, il rentrait à la maison et continuait dans son jardin, les légumes ne s'achetaient qu'au marché du village, il fallait être autonome.

— Ces souvenirs sont importants lui dis-je, je comprends mieux comment tu réagis des fois quand on discute un peu fort !

— Tout ce que je te dis, je le dois à mes parents, mes grands-parents, mais aussi plus loin, à mes aïeux qui sont nés en Corse, ils y ont vécu toute leur vie pratiquement avant de venir ici, dans les années qui ont suivies la guerre, je crois que c'était en mille neuf cent quarante-huit, il n'y avait plus rien à faire dans la vallée de la Restonica et ils ont préféré s'installer sur le continent, pour que mes grands-parents trouvent du travail. Après un séjour à Marseille, ils sont venus habiter ici dans l'arrière-pays, ils ne supportaient pas l'arrogance de leurs voisins marseillais, et en plus ils n'aimaient pas la ville. À la campagne, loin de tout, ils avaient trouvé cette petite maison à Saint-Jurs, puis quelques années plus tard, mon père s'est marié avec une fille du pays d'ici, et ils ont établi leur vie à Valensole. À cette époque, il y avait besoin de main d'œuvre sur le plateau, la terre était difficile à dompter et il n'y avait pas tous ces outils et toute cette mécanisation d'aujourd'hui.

— Ça n'a pas dû être facile de vivre ici, sans tout ce confort que l'on a maintenant !

— C'est bien pour ça que mes parents méritent leur retraite, au moins ils auront connu des jours moins rudes que mes grands-parents ! Ils n'ont pas connu une vie de misère, même si je me souviens que des fois c'était dur ! Au début surtout quand mon père a acheté la maison, ils n'avaient pas beaucoup de moyens, et nous avons dû parfois nous serrer la ceinture, les cadeaux ça n'était pas souvent !
… Aujourd'hui quand je viens ici, j'ai toujours une pensée affectueuse pour mes grands-parents.

D'un grand geste de son bras droit, il saluait les lointains qui l'avaient construit dans sa jeunesse, il quittait du regard ces collines et ces monts du côté de Saint-Jurs où il avait encore tant d'attaches, et me dit :

— Allez on va être en retard en bas dans les gorges, je voudrais que tu voies le soleil se lever au-dessus de la grande crête, quand on est à la maison, je trouve que ça ressemble au paradis du début du monde.

Reprenant la route vers Puimoisson, nous traversions les routes de campagne sur lesquelles les touristes aiment tant circuler à la belle saison. En cette toute fin d'été, qui ressemblait déjà à l'automne, il n'y avait personne sur les routes, tout au plus quelques tracteurs que Doumé klaxonnait suffisamment pour qu'ils se mettent de côté.

Puimoisson, les bas de Moutiers-Sainte Marie, puis le pont du Galetas pour entrer vraiment dans les gorges. Toute la puissance de la montagne se ressentait au pont où de nombreux vacanciers et promeneurs s'arrêtaient traditionnellement pour prendre une photo souvenir.

L'eau d'un vert profond et intense laissait les sommets se réfléchir comme sur un miroir éternellement beau et coloré, malgré l'ombre épaisse de fin de nuit. La fraîcheur d'un vent des profondeurs remontait le long des roches humides, de loin en loin une trace éphémère d'un poisson qui vient en surface pour gober un insecte, laissait quelques ronds troubler la surface lisse et brillante. Doumé s'arrêtait quelques instants près du pont, pour humer le temps et prendre le pouls de la montagne encore endormie. Il regardait vers le haut des gorges rocheuses …

— Le soleil n'est pas levé, mais cette lumière qui passe au fond de la rivière, c'est magique, en plus c'est signe de beau temps, parce que le vent vient doucement du fond et il n'est pas froid ! … Tant mieux, on va pouvoir en profiter.

Nous avions repris lentement la route qui fait le tour pour aller à La Palud-sur-Verdon, les lacets entre les falaises étaient plongés dans l'ombre de la nuit que le soleil n'avait pas encore éclairée. Quelques hauteurs rocheuses prenaient une luminosité intense sur l'autre rive exposée à l'Est et renvoyait un peu de lumière légèrement jaune sur le versant parcouru par cette route sinueuse. Nous avions l'impression de partir à l'aventure, dans une autre contrée, et Doumé trépignait à chaque virage.

— Tu as vu comme c'est beau !

Il me montrait des à-pics vertigineux sans que nous puissions nous arrêter tant la route pouvait être étroite, il me faisait remarquer le vol d'un rapace tout en haut des falaises, remarquait les couleurs dorées d'un feuillu accroché au-dessus des eaux, qui se reflétaient dans le miroir vert émeraude ... Après une bonne heure de route et de virages, arrivés au Point-Sublime, il nous faisait prendre une petite route à gauche dans un virage, qui montait encore et qui menait en cul-de-sac vers Rougon.

Prenant un chemin à gauche dans un virage serré, il arrivait sur un chemin caillouteux à une unique maison, en contrebas de la route, qui dominait le paysage au-dessus de l'auberge du Point Sublime où tout le monde s'extasiait et encombrait la route pendant l'été. L'endroit était niché comme dans un tout petit vallon, entouré d'arbres, avec juste une trouée qui avait été laissée pour admirer le point de vue sur la faille entre les roches.

Personne autour à des centaines de mètres, tout au plus quelques toits de Rougon qu'on voyait par-dessus des arbres et un peu l'auberge qu'on devinait sur la gauche en regardant le paysage.

— Tu vois je t'avais dit qu'on serait au calme, la saison des touristes s'est terminée, on va se régaler et comme il fait beau aujourd'hui, je vais te préparer un barbecue avec des côtelettes, j'ai tout ce qu'il faut ... Tiens en attendant, regarde là-haut, je te l'avais dit, le soleil se lève tard ici, il vient juste de passer les crêtes, et regarde la lumière qui descend, filtrée par les sommets et par les arbres, elle est divine. Aujourd'hui, il va faire beau, on aura le temps de faire une belle partie de pêche en bas jusqu'à l'ombre naissante du soir.

Il souriait de ce plaisir indéfini que l'on ressent chez l'autre qui partage un moment de bonheur intense et indéfinissable que lui seul connaît. Je voyais chez lui, cette joie profonde, comme s'il voulait me faire découvrir un nouveau monde.

Nous avons pris le temps de faire une petite visite des travaux qu'il avait en cours sur sa maison. Il venait juste de refaire une partie de la toiture qui avait des tuiles poreuses, et me montrait cette porte qu'il avait changée. Tout était fait dans les règles de l'art, il rénovait à l'identique à l'extérieur, mais quelle surprise à l'intérieur, il avait refait tout le carrelage, et avait mis la salle de bain et les commodités aux normes du confort moderne, et le tout dans une belle harmonie de couleurs chaudes. Le salon pas très grand, mais agencé pour être en face de la baie vitrée, donnait sur le paysage, et était honnêtement meublé sans ostentation. Mais le confort et les couleurs agréables flattaient le regard et donnaient envie de s'asseoir, on s'y sentait bien.

— C'est une réussite, tu as fait un vrai petit havre de paix, j'en connais beaucoup qui aimeraient avoir la même chose !

— C'est aussi grâce à Olivier qui m'a trouvé l'endroit, un pur hasard … une famille de Rougon qui ne voulait pas garder cette ancienne bergerie, et j'étais le seul sur le coup, c'est vrai que c'est un peu éloigné des commodités, il n'y a rien là-haut au village pour vivre facilement, surtout en hiver, et puis c'est un coup de coeur de solitaire !

Tout en s'activant dans ses préparations culinaires, il retrouvait un comportement plus calme, il s'installait dans ses meubles, il retrouvait cette paix qu'il devait avoir chaque fois qu'il venait ici. Il avait sorti son matériel de pêche du grand placard au fond du salon et me montrait ses dernières acquisitions pour traquer les truites fantastiques des profondeurs vertes, de beaux leurres, ressemblant à de jolis vairons, tout en couleurs opalescentes pour tromper le poisson.

— Je te propose de déjeuner rapidement vers onze heures, après il faut descendre à pied dans les gorges, par les petits chemins escarpés, il y en a bien pour une heure. Je voudrais bien faire le coup de midi, tu verras il y a de beaux gobages parfois.

La pêche dans le fond de la rivière occupait déjà tout son esprit, il s'y investissait complètement, la rudesse et la grande beauté des paysages le faisaient revenir ici, toujours avec autant de plaisir, il retrouvait ses marques dans cet univers de roches, de gorges profondes et sombres, et aussi dans l'éclat des eaux vertes et des gourds insondables.

— Bien d'accord, avec toi, j'ai hâte aussi d'y aller, ça fait quelques mois que je ne suis pas venu sur le Verdon, c'était en fin mai, mais l'eau était trop haute, il y avait encore de la fonte des neiges et l'eau bouillonnante était presque blanche.

Nous nous sommes installés à sa grande table en pin épaisse et vernie, il avait cuisiné rapidement ses quelques côtelettes de mouton, bien dorées et craquantes sous la dent, avec ce goût de thym des montagnes qu'il avait fait brûlé dessous. Il avait encore ce regard perdu, il pensait alors à autre chose, il était dans un autre moment et le sentant disponible, j'en profitais pour en savoir un peu plus ...
— Racontes moi un peu ta vie entre ici et ailleurs ! ...
— Ma vie, aujourd'hui elle va bien, mais des fois, elle me laisse un goût amer. Je croyais que tout pouvait être accessible, je pensais vaincre mes peurs et gagner le monde. Mais vois-tu j'ai eu dans tous mes moments, je dis bien tous, ce besoin de me bagarrer pour y arriver. Je pensais que lorsqu'on naît dans ce monde, on avait le choix, et que nos destinées étaient celles que l'on voulait, mais je n'avais pas intégré cette violente idée d'effort. Alors quand on me demande si je vais bien, je ne peux que répondre oui ! Mais quand on me pose la question, je sens en moi monter le doute, parfois la colère, cette colère profonde qui vient du dedans, et qui répond que bien sûr tout pourrait être simple et bien. Mais je vois clairement au fond de mon âme, et je sais que ce n'est ni facile, ni acquis. Souvent j'ai mes doutes qui affleurent, heureusement la nature autour de moi m'apaise, j'ai une vie en dents de scie, j'explore les moments de haut et de bas, et je finis par me dire que c'est au milieu que je trouve mon équilibre... Oui ! ma vie va bien puisque tu me le demandes, oui ! parce que toi tu oses me le demander sans arrière-pensée, sans crainte, tu prends soin d'écouter, tu attends une réponse qui peut ne pas être celle que tu imagines, c'est pour tout ça que je peux aussi te répondre.

— Tu sais Doumé, le temps est une longue épreuve qui coule comme un long fleuve, avec les expériences on finit par le dompter au fur et à mesure que l'on vieillit, et puis il y a tant en dehors de soi, pour trouver la paix intérieure, et regarder comment ce monde est beau, ce qu'il peut nous apporter en réconfort, en bien-être, et aussi trouver ce que chacun doit faire pour le garder ainsi …

Je le regardais dans ses doutes, il naviguait à vue, il passait et repassait sa main sur son visage comme pour se rassurer d'être là, son regard noir était perdu dans le puits sans fond de son âme, il ne savait pas toujours qui il était dans ces moments, je percevais ses peurs intimes et je ne voulais pas le déranger dans cet instant. je me levais, je m'éloignais un peu, il avait certainement besoin de se recentrer.

— J'étais en train de penser à mes arrière grands-parents et je pensais à la Corse, tu sais que j'aime trop cette île, et je me demandais pourquoi j'étais là, simplement là, parce qu'en fait j'ai envie d'être chez eux, même si je suis heureux ici. Des fois ça remonte en moi, j'espère que tu me comprends !

— Tu me fais un coup de calcaire ! je connais ton attachement à l'île, mais pourtant tu n'y as jamais vraiment vécu, tu es né ici à Valensole, tu ne la connais qu'au travers des vacances et de tout ce que tes parents ont pu te dire.

— Oui et non, je sens que j'y ai des racines très fortes, et puis je ne suis pas prisonnier de l'endroit où je suis né. Au fil du temps je m'étais attaché à mes grands-parents et j'avais souvent eu peur qu'ils disparaissent, j'avais besoin d'eux. Ils étaient tellement présents dans ma mémoire qu'ils étaient un peu mes deuxièmes parents, ils m'ont tant appris !

Il était sincère dans ces paroles à cet instant. Toutes ces vacances qu'il avait passé chez eux, tous ces petits voyages qu'il faisait en quittant ses parents pour aller voir ses grands-parents quelques kilomètres plus loin, lui avaient donné un aperçu particulier de sa vie, comme une vie en pointillé, entre deux lieux de vie ici en Haute-Provence, un peu en

Corse où ses parents l'emmenaient presque chaque année et maintenant à Aix.

Lui, Doumé, il avait trois terres dans sa tête, trois ports d'attaches, et nous avions en commun d'aimer au moins celle sur laquelle nous étions en ce moment.

Une vraie partie de pêche ...

Un café bouillant rapidement avalé après notre repas, Doumé prenait ses affaires, me laissait prendre place dans la voiture et nous rejoignions quelques kilomètres plus bas par la route des gorges, la rivière tant convoitée ... Je le suivais dans l'entrelacs de roches éboulées, de sous-bois, de falaises plongeantes, par un petit sentier qu'il connaissait bien et qui nous menait au lit de la rivière.

— Avant d'y aller, regarde comme le couloir Samson est splendide, j'ai l'impression de voir une de ces publicités américaines qui vante le fameux Yosemite pour une marque d'ordinateur célèbre !

Nous avons marché quelques centaines de mètres en remontant doucement par les chemins qui longent l'eau verte. Puis il me laissait et se dirigeait après un grand virage que faisait la rivière, vers une zone profonde bordée d'un côté d'une plage de galets gris et de l'autre de la falaise qui plongeait vers les eaux foncées sans qu'on puisse deviner sa profondeur.

Je le voyais en contre-jour, le soleil de l'après-midi l'éclairait violemment et je clignais des yeux à cause des reflets. D'un geste quasiment parfait et d'une ampleur que je ne lui connaissais pas, il allongeait la soie de sa canne à mouche, une fois, deux fois, puis à la troisième déposait délicatement une mouche qu'il avait fabriquée, juste le long de la paroi rocheuse, guettant sur l'eau le moindre signe de vie d'une truite en action de gobage. Il scrutait chaque courant, chaque remous de surface, et j'imaginais qu'il avait oublié tous ses soucis.

Instinctivement comme le chasseur il guettait sa proie, ses gestes étaient silencieux, mesurés et tellement harmonieux dans cette lumière scintillante. Je m'étais jusque-là abstenu de bouger, je le regardais faire et j'admirais sa dextérité.

L'eau coulait rapidement entre mes jambes bien plantées entre les cailloux ronds du lit de la rivière, je regardais quelques éphémères éclore sur le fil du courant le long d'un gros rocher gris. Un vent frais faisait à peine friser la surface de l'eau, le soleil me réchauffait vite et je me sentais pris dans un vertige de bien-être, une sensation de quiétude, mon esprit se vidait de la vie rapide et j'étais si bien les pieds dans l'eau que je continuais à simplement regarder les reflets qui venaient accrocher les galets au fond de l'eau.

Loin au-dessus de nous un vautour traversait le ciel entre les grandes falaises et les teintes de l'automne commençaient à poindre sur toutes les cimes des arbres, créant une image féerique d'une nature pleine de vie qui s'apprêtait à ralentir ses cycles avant la saison froide.

— Viens ici à côté de moi … c'est là qu'il y en a une jolie, sauvage et fougueuse !

Il me montrait une pointe rocheuse derrière laquelle un léger contre-courant se dessinait avec des remous lents qui tournaient quelques secondes avant de s'enfuir vers le courant plus fort qui glissait au-dessus d'une vasque profonde et verte encombrée de quelques rochers et d'une grosse branche. À peine étais-je arrivé à côté de lui, j'apercevais la truite qui gobait régulièrement en surface les quelques insectes qui dérivaient comme des petits voiliers.

— Va Doumé, à toi l'honneur, tu l'as vue le premier et je vais te prendre en photo, si tu réussis à l'attraper. J'aurais autant de plaisir que toi à regarder qu'à prendre ce beau poisson !

Il s'était positionné légèrement en aval de l'endroit où la truite s'enfonçait après chaque gobage, bien campé sur ses jambes, il armait son bras et sa soie dans un ample mouvement qui lançait sa mouche exactement quelques dizaines de centimètres avant le point visé, et comme il l'avait prévu, un léger mouvement de succion à la surface de l'eau faisait disparaître son leurre. Il se redressait en arrière, levait sa ligne flottante avec un geste mesuré et ferrait la belle argentée avec dextérité.

— Eh bien voilà, c'est un coup de maître, au premier lancer tu l'attrapes, bravo !

J'exultais avec lui, car ce petit moment où l'on ferre le poisson ressemble à une loterie, souvent le poisson ne se laisse pas faire et lâche la mouche avant d'être piqué. Doumé avait la main, il bagarrait avec le fuseau argenté qui nageait le plus vite possible vers la fosse encombrée, il descendait un peu la rivière avec lui, pour lui donner un peu d'espace et ne pas risquer de casser le fil ténu qui retenait le poisson. Il savait qu'il avait une jolie fario sauvage au bout de sa ligne. Il s'était laissé porter par le courant de la petite fosse dans laquelle la truite avait plongé, il l'avait suivie en descendant dans les bouillonnements des eaux froides, en utilisant la flottabilité de sa combinaison de pêche remplie d'air, et s'était retrouvé une dizaine de mètres plus bas avec de l'eau juste à la limite de son buste. Il rayonnait dans son action, il était comme absorbé par son combat et de façon habile, il parvenait à la faire remonter en surface.

La truite sautait en bonds désordonnés et bruyants hors de son élément, l'eau claquait quand elle retombait, des gouttes jaillissaient partout sur l'onde verte, et brillaient dans les derniers rayons du soleil qui passaient juste à la limite haute des falaises devant nous.

Penchant sa canne qui faisait le rond sous le poids et la force du poisson, d'un geste habile, il le faisait glisser sur le côté et le mettait dans l'épuisette lorsque j'arrivais à côté de lui, pour faire cette photo qu'il ne manquerait pas de montrer à Olivier. Je crois qu'ils en parleraient longtemps, car un poisson pris lorsqu'on est deux est plus grand et plus beau que ceux qu'on pêche tout seul. Il avait un sourire grand comme ça, qui lui traversait le visage, son regard sombre venait de s'éclairer de cette petite lueur qu'on ne trouve que lorsqu'on réussit un joli coup.

— Elle est belle celle-là, me dit -il … toute argentée, c'est une belle truite qui est remontée depuis le lac, et qui est restée dans les grands trous, elle ressemble à un petit saumon. Prend vite la photo, je veux la voir repartir en pleine forme, tu peux en faire plusieurs, je suis trop content.

Doumé la manipulait avec beaucoup de précaution, il avait gardé le poisson dans l'eau pour le décrocher, juste en surface, il dégoulinait de perles d'eau brillantes, ne se débattait pas, et le soutenant sous son ventre argenté, l'embrassait sur la tête, juste avant de la laisser filer doucement dans l'onde, comme un baiser d'adieu, ou de remerciement.

Quel beau moment ! je participais intensément à cet instant magique, le pêcheur satisfait et ce beau poisson à nouveau libre dans ces eaux limpides. J'avais rempli mes yeux et ma tête d'une de ces images extraordinaires dont tous les pêcheurs rêvent ou parlent, et je pourrais moi aussi, en parler longtemps.

Le soleil passait lentement par-delà les crêtes, et les falaises commençaient à plonger dans l'ombre d'une douce soirée. Une fraîcheur humide s'installait irrémédiablement, et le soleil parti derrière les roches, l'eau prenait des teintes d'un vert émeraude foncé, insondables, presque inquiétantes. Il était temps de reprendre le chemin inverse et retrouver la douceur de la maison tout en haut près du village.

Pendant tout le trajet de retour, Doumé avait gardé ce sourire enfantin qui traduisait son plaisir, il avait bien rempli sa journée et avait une fois de plus remis à l'eau, avec un plaisir évident, un de ces poissons qu'on ne garde qu'en mémoire pour l'éternité.

— En rentrant je te donnerais les photos sur ton téléphone, tu pourras les envoyer, c'était une belle partie de pêche, je me suis régalé, merci encore de m'avoir montré ce coin, c'est trop beau, j'y reviendrais sûrement.

— Oui ! On y retournera, et j'en connais d'autres aussi qui sont splendides, plus bas dans les gorges ... Bon ! on a bien mérité un bon apéro, j'en connais qui vont être jaloux quand ils verront les photos.

La soirée venue, il allumait un feu de bois dans la cheminée, juste pour l'ambiance, le soleil se couchait à l'horizon, juste dans l'axe du Point Sublime, la nuit arrivait à grands pas et nous restions assis en face de ce paysage de roches et de falaises fendues, tellement immenses et grandioses que j'en restais une fois de plus bouche bée, le regard fixe, attendant que les dernières lueurs disparaissent.

— Je pourrais te parler inlassablement de ce pays d'en-haut. C'est une Provence si différente et les cartes postales de l'été n'ont rien à voir avec la réalité de la vie ici. Chacun veut y trouver ce qu'il y a de plus beau pour le garder égoïstement dans ses souvenirs, mais en fait j'ai vécu aussi des années très difficiles, même dans ces paysages grandioses.

Le crépitement des flammes, l'odeur du bois de pin qu'il faisait brûler nous installait dans une sorte de confort comateux. Nous n'avions plus envie de bouger après cette belle escapade dans les gorges. Nous avions rempli nos yeux, fatigué nos corps, profité d'une jolie partie de pêche et le beau temps nous avait récompensé. Je restais assis, en sirotant une petite liqueur de myrte fabriquée par ses parents. Elle avait le goût de la vérité, des mots qui se laissent voler au temps passé, et qui reviennent en mémoire quand on veut bien se laisser prendre par une certaine nonchalance langoureuse et bienfaisante.

Dans cette petite maison, tout était fait pour calmer les esprits, se mettre hors du monde et s'installer dans un confort modeste, mais réparateur et bienfaisant. Cette demeure de vacances était à l'image de Doumé, sobre en aspect extérieur, mais riche en vécu dans l'épaisseur de ses murs anciens. Il poursuivait ...

— Je me souviens de certains hivers très froids sur le plateau, personne ne se déplaçait autrement qu'à pied ou à vélo, et le vent était si fort et si froid qu'il me gelait le bout des doigts dès que je sortais de la maison chez mes grands-parents à Saint-Jurs. Tu n'as pas idée combien je pestais, quand il fallait aller chercher le bois pour la cheminée et que je devais traverser la cour pour aller à la remise dehors. Il y avait le vent et des fois aussi, la pluie glaciale. Ma grand-mère rigolait et faisait un peu exprès de m'y envoyer je crois. Quand je revenais avec le panier et ses deux bûches elle me disait que j'avais mérité mon chocolat chaud. Ah ! … il avait un goût particulier ce chocolat, je la vois encore le faire. Elle prenait sa vieille casserole en aluminium tout rayé, la remplissait du lait de la ferme située en bas du village, puis la mettait à cuire sur le poêle qui servait aussi de chauffage. On avait l'odeur du bois qui brûle, la chaleur de la fonte qui rayonnait partout dans la pièce, il faisait bon. Ensuite je la voyais prendre son petit couteau de cuisine avec son manche en bois d'olivier, et elle grattait une tablette de chocolat noir qu'elle faisait fondre dans le lait. Un goût inimitable, j'ai toujours envie d'en boire. C'était l'odeur de l'hiver pour moi quand je n'allais pas à l'école, et que je venais chez eux pour passer du bon temps, mes parents ne pouvaient pas toujours me garder et j'en profitais bien avec eux !

Avec beaucoup d'attention, il me décrivait ces petites situations, il me parlait des saisons rudes, des moments de tendresse partagés avec ses grands-parents, un peu de tout ce qui l'avait touché quand il était ce gamin heureux et innocent.

Il me disait aussi …

— Quand je venais là, j'avais le souvenir de ces vents hurlants qui descendaient de la montagne, il faisait un froid de canard et personne ne sortait. On avait une sensation de fin du monde, quand les rafales venaient cogner contre les murs, et souvent mon Papi fermait les volets de bonne heure, pour garder le chaud dedans, Heureusement que les murs étaient épais, on aurait dit que le vent voulait les secouer, quand on ouvrait la porte, une grande bouffée d'air froid rentrait dans la grande pièce et nous refroidissait, le poêle à bois ronflait et Mamie remettait souvent des bûches dedans, elle ne voulait pas que j'attrape mal. Tu vois, c'était une autre époque, maintenant avec tout ce confort que nous avons, ce n'est plus les mêmes sensations, et peut-être que c'est mieux ainsi …

— Je ne sais pas lui répondis-je, les époques changent, les gens deviennent plus exigeants et font attention à leur confort, et ils n'ont plus les mêmes choses à raconter, mais c'est un autre temps et les souvenirs seront, de toutes façons, différents. Je comprends ce que tu me racontes, mais ce que nous vivons aujourd'hui dans ce confort relatif, sera aussi un jour un beau souvenir que tu pourras raconter à ton tour. Chacun voit midi à sa porte et la vie des uns n'est jamais identique à celle des autres, c'est ça aussi qui fait le charme de nos vies si uniques et différentes.

Il acquiesçait, il avait parfaitement conscience que son temps était lui aussi unique, que tous ces bons moments qu'il passait en bonne compagnie lui permettaient de fabriquer une vie pleine de vrais souvenirs, de ceux que l'on n'oublie pas parce qu'ils ont une importance, un poids, ils sont un marqueur du temps qui passe et qu'on ne rattrapera pas.

— J'imagine tout le bonheur que tu as de vivre dans cet environnement, surtout à la belle saison à partir de la fin juin, je trouve que le plateau devient le plus beau pays du monde.

Souvenirs de Valensole …

Je regardais Doumé, l'enfant des hautes terres, il portait sur lui, l'amour de son pays, je sentais son attachement réel à cet endroit magnifique, et quand je lui disais qu'il vivait dans un paradis perdu, je me souvenais instantanément de promenades que j'avais faites en solitaire dans la mer violette des fleurs de lavandes. Je lui rappelais que j'y venais à chaque saison, parce que la beauté s'inscrivait dans ces terres, chaque jour de façon différente et selon les heures, j'avais l'impression de voyager ailleurs comme sur une autre planète colorée, et pleine de douceurs. Mon esprit partait facilement ailleurs à l'évocation de tous ces moments que j'avais passés au petit jour quand le ciel se teinte de parme sur des fonds bleu sombre, et que la lumière éclate tout à coup derrière les pics bleutés à l'horizon, rougissant lentement les nuages accrochés aux monts lointains, ou encore ces soirées à courir entre les rangs de lavandes pour capter la meilleure photo possible d'un coucher de soleil embrasant le ciel sur fond de teintes mauves des champs plongeant dans l'ombre du soir.

Je rêvais encore à la poésie de ces instants uniques, sur le plateau devenu momentanément violet, entouré de cette immensité aux couleurs intenses, où l'air prenait lui aussi, une épaisseur particulière. Je regardais alors le ciel s'enfuir lentement, les nuages couraient doucement sous la voûte translucide, les courants d'air doux du crépuscule se déplaçaient avec lenteur, rebondissant entre champs fleuris, chemins terreux et blancs, et petits vallons où se cachaient quelques fermes éparses. Il faisait bon à prendre un peu de temps, il faisait bon à entrer dans ces rêves de couleurs. J'aspirais la lumière et je laissais mon regard plonger dans l'infini orangé de cette soirée. C'était un moment unique, une parenthèse dans ma vie itinérante, où je voulais prendre le ciel dans mes mains, repousser les nuages vers les lointains, pour que mes rêves prennent toute leur place.

Les verts se mariaient aux couleurs des lavandins, et s'immergeaient avec lenteur dans les bleus profonds de la nuit approchante.

Le ciel reprenait un peu de ces teintes merveilleuses, pour se mettre à l'unisson de cette soirée d'été. La beauté était née le matin, avait fait son chemin jusqu'au soir dans des couleurs intenses. Les chevaux du temps avaient galopé lentement en traversant l'azur insolent et les dieux avaient béni ces instants, pour les dédicacer en couleurs étranges et magiques aux derniers amoureux de nature et de paysages, qui traînaient encore à cette heure tardive sur les plaines du haut plateau.

— Tu vois lui dis-je … Il y a ici dans ton pays, une beauté insoutenable à la belle saison, elle donne de la force pour résister aux hivers, même si les terres paraissent plates et solitaires, elles sont parsemées de fleurs, d'amandiers, et de jolies routes qui mènent vers les collines lointaines et les montagnes bleues, elles portent toujours l'espoir d'une renaissance colorée.

— C'est mon pays, ma terre, me dit-il … j'y suis né, j'y vis et je l'aime comme si c'était une part de moi … Mais des fois je fais aussi un parallèle avec le pays de mes ancêtres, tu sais qu'ils étaient corses. Mon père a toujours cultivé cette âme profonde, cet amour de la terre d'origine, aujourd'hui on continue d'aller dans la Restonica pour ne pas oublier, pour continuer à faire vivre cette autre terre dans notre coeur. Mon père était très attaché à cette vallée quand il était petit, il me raconte parfois quelques histoires des familles qui habitaient juste à côté de chez ses parents. Il me parlait un peu de ces gens accrochés à leur patrie de coeur, mais qui partageaient tout en cas de coup dur, ils savaient aussi ce qu'était la vraie solidarité, ils savaient se soutenir et la valeur familiale était ancrée dans leurs esprits comme une valeur essentielle. Aujourd'hui mes parents continuent à en parler, à rester dans cet esprit, mais je sens bien que tout cela disparaît peu à peu. Les valeurs dites sociales se dissolvent doucement avec le temps et tout le monde fiche le camp ailleurs pour trouver une vie meilleure, même si c'est hypothétique.

— Tu as gardé un peu de cet esprit de clan soudé et c'est tant mieux, je connais trop de familles qui se sont désunies. Travail, divorce, difficultés financières, recherche de richesses, tout cela a contribué à casser les volontés, à briser les chaînes et les liens de la famille comme on la voulait dans le temps. Aujourd'hui personne ne respecte plus l'autre, la vie devient insipide sans tous ces repères que nous avions !

— C'est un peu pour ça que j'ai voulu continuer à vivre ici, comme je ne suis pas lié à une jolie femme, que je n'ai pas d'enfants, je peux vivre seul …

Il disait cela en regardant par la fenêtre du salon, la nuit s'était installée, il faisait simplement noir dehors, un noir d'encre dans un air pur.

— Viens, dit-il subitement, on va aller dehors cinq minutes, il fait encore bon à cette heure et je voudrais que tu regardes les étoiles avec moi !

Nous sommes sortis sur le terrain derrière la maison, dégagé des arbres qui donnait vers l'Est, vers le village au-dessus de nous. La nuit noire, déjà installée, découpait la montagne en reliefs pointus avec comme un liseré de lumière d'un autre monde qui nous permettait d'en voir les formes. Le ciel d'encre, bleu de nuit, semblait presque lumineux. Il était ponctué de milliers d'étoiles bien blanches qui scintillaient comme pour nous rassurer.

— Que c'est beau ! … lui dis-je, je n'avais pas pensé à regarder le ciel ici …

Toute la voûte céleste semblait si pure, l'air ne bougeait pas, d'Est en Ouest, partout des étoiles de toutes tailles clignotaient. La nuit avait pris sa vraie place, une nuit si dense mais si belle, que l'on ne trouve plus que dans les endroits élevés, en montagne, au pôle Nord, dans l'autre hémisphère aussi, partout où la pollution lumineuse n'avait pas gâché les nuits noires. La clarté de l'atmosphère, la transparence de cet air qui semblait ne plus exister me coupait le souffle. J'étais en admiration devant cette vertigineuse aspiration que je ressentais, vers cette irréelle beauté du ciel qui nous couvrait de son immensité absolue.

Les étoiles semblaient à portée de main, et j'imaginais le petit Prince de Saint-Exupéry me parler de son monde étoilé. Doumé s'était assis dans l'herbe, il regardait le ciel en silence comme absorbé lui aussi …

— Tu comprends maintenant pourquoi je suis si attaché à ce bout de maison dans la montagne, elle m'apporte tout ce que la vie ne me donne pas, ici je peux rêver, je peux me sentir bien, je suis enveloppé par la nature, le monde des hommes devient secondaire et lointain quand je regarde un ciel comme celui-là. Entre la rivière et ses couleurs de pierres précieuses, les montagnes sèches et caillouteuses et ce ciel avec ses lumières changeantes, j'ai le sentiment d'être heureux, simplement heureux ici … Des fois je regrette un peu d'être célibataire … ne pas partager tout ça avec une compagne proche tous les jours me manque quand j'ai le cafard, mais tout ça disparaît en quelques secondes quand je me plonge dans mon univers secret et la vie court, le temps passe, et je reste malgré tout seul.

— Tu as construit une vie de solitaire, c'est un choix que je peux comprendre lui dis-je, heureusement que tu rencontres beaucoup de monde avec ton travail et tes amis. Et puis tu as encore tes parents, âgés certes, mais ils sont toujours là pour te réconforter.

— J'aime beaucoup discuter avec mon père, tu sais … il a plein de choses dans sa tête d'homme de la terre, il est plein d'astuces, de savoir-faire et il a une âme profonde comme ça …

Il s'était arrêté quelques secondes et prenait une grande respiration, comme pour avouer un secret, comme pour dire ce qu'il avait au dedans de ses tripes et qui ne pouvait être dit à tous vents, il reprenait alors …

— Parfois il n'ose pas, mais j'aime beaucoup quand il me prend dans ses bras, je sens qu'il me donne tout son amour quand il me serre, même s'il ne le dit pas. Maman, c'est différent, elle me parle, elle me scrute des fois, elle me dit que ça lui fait du bien quand je viens la voir. Elle me dit toujours qu'elle m'aime, mais seulement au moment de nous séparer quand je repars, elle dit doucement avec sa voix fine, "Je t'aime mon fils, fais bien attention à toi."

Cet instant d'intimité que nous partagions dans le noir de la nuit scintillante, nous emportait dans des bonheurs insoupçonnés, nous transportait dans des sentiments communs au fil de cette discussion.

Doumé se dévoilait un peu, il était l'être sensible que j'avais toujours senti en lui, même quand il était taciturne, ou tout au plus silencieux dans le monde de tous les jours.

J'avais ce sentiment très personnel de le connaître depuis toujours, et toutes ces discussions confirmaient ce que je pensais de lui, et c'est pour cela aussi que j'étais là, à ses côtés dans cet invraisemblable moment de partage en pleine nature.

Le lendemain matin, après cette soirée très instructive, nous avions pris un copieux petit déjeuner avant de retourner une fois de plus à la pêche.

— Aller, on y va pour la dernière de la saison avant la fermeture, je t'emmène en bas des gorges par le sentier de l'Imbut, tu verras la rivière d'une façon différente, elle court plus doucement et est plus plate, plus facile à pêcher, comme tu fais dans tes gaves des Pyrénées. Il y a de grands plats, des rochers dans le cours d'eau, des profonds et beaucoup de truites de taille moyenne, c'est un régal là-aussi.

Nous étions repartis, de virage en virage, je sondais les profondeurs des gorges, il me faisait refaire le chemin inverse de celui de la veille et je m'en étonnais…

— Tu recommences le chemin à partir du pont du Galetas, pas d'autre accès ?

— Le problème ici, c'est la route, pour aller de l'autre côté, et faire la partie intéressante pour la pêche, il faut redescendre et repartir depuis Aiguines pour prendre le sentier des cavaliers qui est le seul endroit accessible pour tous. Et quand même, après, il nous faudra descendre pendant presque trois quarts d'heures pour accéder à la rivière, mais ça vaut le coup.

Tout en roulant je continuais à scruter les gorges qui plongent dans l'eau verte, il y avait quelques canoës qui naviguaient sur le miroir émeraude, vus d'en haut, ils étaient petits comme des fourmis tombées à la surface de l'eau qui tentent de s'évader en battant héroïquement des pattes. Je les regardais, mais je ne les enviais pas, je connaissais déjà trop ce parcours encombré de vacanciers en toutes saisons, dès qu'il fait beau.

La journée partagée avec Doumé fut aussi belle et radieuse que la veille, nous pêchions côte à côte sans parler, absorbés par notre passion, et le bruit de l'eau qui court vite entre les rochers dans le lit de la rivière nous empêchait de bien nous comprendre. Il fallait crier ou répéter plusieurs fois pour parvenir à se faire entendre. Finalement fatigué au bout de deux heures à marcher dans l'eau entre éboulis, rochers glissants et branches sur les bords, je m'arrêtais pour contempler simplement le paysage de falaises. Il n'y avait aucune analogie avec les falaises que je pratiquais souvent dans la montagne Sainte-Victoire, ici elles en imposaient, leur hauteur vertigineuse en à-pics impressionnants venait à cacher du soleil le côté opposé sur lequel nous étions. Les sous-bois qui longeaient l'eau semblaient denses et ne donnaient pas envie de s'y engager. On aurait dit qu'un mal étrange s'y lovait, prêt à bondir sur nous, et le frémissement des feuilles augmentait cette sensation de vie cachée à nos yeux. Il n'y avait pas le moindre monstre, bien sûr, mais mon imagination se laissait guider et emporter dans des excès qui me faisaient plaisir, alors je continuais à imaginer. Ici, aucun chemin ne débouchait, comme si nous pouvions nous égarer dans un monde sauvage ailleurs.

Doumé avançait lentement dans l'eau jusqu'à mi-jambe, il luttait contre les courants un peu forts, lorsqu'il voulait traverser et lançait sa ligne avec assiduité, tentant chaque cache où il supposait qu'il trouverait une truite.

Dans le fond des gorges, malgré un soleil tenace, un vent frais circulait activement le long des parois, faisant friser la surface des eaux.

Je lui disais qu'il était maintenant temps d'abréger cette séance au fond de la rivière et que le repas qui nous attendait ne méritait pas qu'on le fasse attendre plus longtemps désormais. Il fallait faire le chemin inverse et remonter la pente raide, que nous avions si facilement descendue.

Trois heures plus tard et quelques truites dans la besace, nous reprenions le chemin du retour vers le mas dans les gorges. Doumé avait préparé un sac avec un peu de glace, il voulait que je prenne des truites pour les donner à Emilio sur mon chemin du retour.

Nous avons rapidement déjeuner, sur la petite terrasse devant le pas de la porte, il faisait déjà chaud, repus et satisfaits de nos deux journées, nous avons pris rapidement le chemin pour rentrer à nos domiciles.

Roulant assez rapidement comme il avait coutume de le faire, il me ramenait à la maison, en m'enjoignant de ne pas oublier les poissons pour Emilio, il n'avait plus le temps de s'en occuper et il comptait sur moi.

— Ne t'inquiète pas, lui dis-je … ce sera fait cet après-midi, je monterai exprès à la ferme, il sera là dans son jardin, et le poisson n'attend pas, il pourra le mettre au frais et le déguster demain.

Nous nous sommes salués rapidement, il reprenait le chemin vers Aix, et je repartais de mon côté pour faire cette commission si importante qu'il m'avait confiée.

Une surprise …

Pour une fois la route me parut longue, si longue, pourtant ces quelques kilomètres qui me séparaient du plateau du Cengle étaient peut-être ceux que je connaissais le mieux dans la région.

Je les avais parcourus, de jour, de nuit, aux crépuscules et aux aurores aussi, par tous temps et en toutes saisons.

Et bien pour une fois, je comptais les minutes, je ne partais pas en promenade sans contrainte, une de celles qui m'emmenait à l'improviste simplement sous le vaste ciel au pied de la montagne, j'étais en mission.

J'arrivais chez Emilio, je ne l'avais pas averti, il n'était pas comme à l'habitude dans son jardin, non pour une fois il était assis à sa table dehors, il feuilletait un magazine.

— Bonjour l'ami ! ... J'ai une surprise pour toi. Tiens regarde, nous t'avons pêché deux jolies truites dans le Verdon, toutes colorées avec leurs points marrons sur leur belle robe presque verte.

— Ah te voilà, me dit-il, ça fait déjà au moins deux jours que je t'attends !

— Quel blagueur tu me fais là ! Regardes d'abord ce que je t'ai apporté !

— Merci les copains dit-il en ouvrant le sac, il faisait de gros yeux ronds au travers de ses lunettes et continuait : il y a déjà un bon moment que je n'avais pas goûté un de ces excellents poissons sauvages, tu penseras à remercier Doumé, il n'y a que lui pour t'emmener dans des coins où il sait qu'il y a de la pêche à faire.

— Heureusement qu'il était là, ces coins sont inaccessibles à ceux qui ne connaissent pas les chemins dans les gorges, c'était impressionnant, et d'une merveilleuse beauté.

Je lui expliquais notre séjour là-haut entre les sommets des gorges, nos promenades lentes le long de la rivière, les parties de pêche, la soirée aux étoiles, et il m'écoutait attentivement comme si tout cela lui parlait.

Il avait dû en rêver, malgré son absence de passion pour les loisirs de montagne, de randonnée ou de pêche. Depuis toujours il s'était contenté de ce que lui racontait son fils et ses camarades.

— Je suis content pour vous deux et bravo, il n'y a de la veine que pour la canaille comme on dit !

— Bon ce n'est pas mon jour ! dis-je en blaguant, à part ça tout va bien ?

— Mais non je plaisante, aujourd'hui je me suis réveillé de bonne humeur, il fait beau comme tu le vois, et figure-toi qu'au courrier j'ai reçu une enveloppe épaisse avec à l'intérieur, ce catalogue de voyage en anglais que Fausto m'a envoyé. Au début je n'ai pas compris, il avait collé un petit papier à la page qui concerne l'Italie et je pensais qu'il voulait passer ses prochaines vacances là-bas, comme il m'en avait parlé déjà. J'étais un peu contrarié, puis en lisant attentivement, il avait mis sur ce petit mot cette petite phrase : "Mon cher Papa, comme tu le sais j'ai très envie d'aller là où tu es né. J'avais comme projet d'y aller en famille, pour faire plaisir à tout le monde, mais tu liras bien la lettre qui est jointe à ce dossier, il y a une petite surprise qui te concerne ! Je t'embrasse très affectueusement". Signé Fausto, ton fils.

— Ton gamin rattrape le temps perdu, il blague et fais des surprises dès qu'il peut à son cher père, c'est plutôt bon signe ... non ?

— Je vais tout te dire car tu ne pourras pas deviner, tellement c'est hors du commun ! J'ai un fils extraordinaire, pas magicien, quoique ... mais simplement extraordinaire, et je ne crois pas que tous les enfants font ça avec leurs parents !

Il me tendait le catalogue d'un voyagiste américain que je feuilletais rapidement pour me retrouver à la fameuse page étiquetée par Fausto. Je lisais attentivement et rapidement ces quelques lignes, il avait souligné les derniers mots concernant la lettre d'accompagnement.

— Alors, raconte !

— Attend, je fais durer le plaisir et la surprise !

Emilio tenait dans sa main gauche, une simple enveloppe blanche, il me la montrait mais ne voulait pas que je la prenne ...

— C'est pour moi, donc je la garde et je te raconte ...

— Oh mais je vois une belle écriture féminine, je connais celle de ton fils, donc j'en conclus que c'est Jenna qui t'a écrit.

— Gagné ! ... mais arrête de deviner, et laisse-moi te raconter, pour une fois ! et pas besoin de me poser de question, je vais tout te dire. C'est Jenna qui m'a écrit. Pour une surprise, c'est une surprise, jamais je n'aurais pensé que ma belle-fille m'écrirait un jour et tu sais, en plus, c'est pour me faire un cadeau, un vrai, le cadeau qu'on ne reçoit qu'une fois dans sa vie tellement c'est important !

Il venait d'enlever ses lunettes, les essuyait avec attention et les remettait sur son nez. Son regard gris venait de passer à un gris brillant, lumineux, il avait quelques scintillements de bonheur dans ses yeux, et il ne s'en cachait pas. Il avait la voix un peu enrouée par l'émotion, et ne se hâtait pas en dépliant la lettre sur cette page de papier bien blanc.

Elle avait écrit en lignes serrées seulement sur un côté de la feuille, et je devinais la densité de sa belle écriture par transparence.

Le Soleil vibrait tout autour de nous, la lumière des rayons de lumière crue qui passait au travers des feuilles jaunies de la tonnelle faisait des tâches claires et des ombres sur le dos et la tête d'Emilio.

Il avait pris sa lettre entre l'index et le pouce de ses deux mains et la tenait serrée pour qu'elle ne s'envole pas, alors même qu'il n'y avait pas de vent. Je n'intervenais pas, j'attendais, je regardais et j'appréciais cette émotion qui flottait dans l'air de ce moment.

— Tu te rappelles quand j'avais dit à Fausto, que j'aurais aimé revoir un jour ma terre natale ?

— Oui c'était le jour des dernières vacances quand je suis passé rapidement pour le saluer lui et sa famille, juste avant qu'il ne reparte chez lui. Je m'en souviens !

— Et bien, il m'a envoyé un catalogue de voyages sur le nord de l'Italie, comme pour m'embrouiller avec très peu d'explications, hormis le fait de ne pas oublier de bien lire cette lettre jointe. Je te la lis : je passe rapidement sur le fait que c'est bien Jenna qui m'écrit, mais ça tu l'avais déjà deviné, et sur la date d'il y a sept jours maintenant, elle m'écrit à moi tout seul, et je l'imagine comme si elle me parlait :

"Mon cher beau papa,

Fausto a un rêve extraordinaire dont il m'a toujours parlé. Il voudrait tous nous emmener réaliser ce rêve magique, et revoir le pays où vous et lui êtes nés.
Je connais l'importance de son attachement à cette idée, et je ne peux qu'aller dans son sens. Mais je sais que c'est un voyage qui prendra plusieurs jours, qui ne peut être fait en un simple aller et retour d'une journée.
Je sais aussi que vous n'avez pas eu le temps de partager avec Fausto tout seul, ces mêmes moments de bonheur que vous aviez eu avec votre père et votre grand-père.
C'est pour cela que j'ai demandé à votre fils de partir avec vous et Luciano pour faire ce pèlerinage si important. Votre petit-fils est assez grand désormais pour voyager.
Je resterai chez vous pendant ces quelques jours si vous le voulez bien, pour profiter de la Provence, et je m'occuperai de la maison, du jardin et des animaux.
J'en ai moi aussi rêver de cette belle région à laquelle je me suis attachée, et elle n'existe pas chez nous dans le Montana, alors à ma façon je réaliserai aussi quelque chose qui m'est cher, un peu de vie et de tranquillité dans cette belle campagne.
Je vous en prie, acceptez cette demande.
Je vous embrasse très affectueusement".

P.S. vous trouverez dans l'enveloppe les billets de train que nous avons déjà réservés au départ de Marseille, par Vintimille, Savone, et qui vous mènera près de chez vous. Ensuite Fausto s'est occupé de tout pour louer une voiture et vous guider jusqu'à Perosa-Argentina par la route.

Retour aux sources ...

Je retrouvais en Emilio, cette joie de vivre qu'il avait si souvent montrée quand il m'accompagnait. Un grand sourire lui barrait le visage, il était radieux, il respirait lentement, profondément, goûtant chacun des mots lorsqu'il lisait.

Je pensais alors qu'il absorbait l'écriture fine de sa belle-fille, et qu'un plaisir immense coulait au fond de sa gorge comme un doux breuvage, et remontait en douces larmes qui finissaient au coin de ses yeux humides.

— Tu vois le temps des vacances est loin et avant que finisse cet automne, je serai à nouveau avec mes enfants, et en plus je vais le faire ce satané voyage auquel je ne croyais plus. Je t'avouerai que je ne savais surtout pas comment le faire, et je ne voulais pas y aller tout seul, ça n'aurait eu aucun sens.

— La vie nous emmène dans des chemins que l'on ignore à l'avance, lui dis-je, et je suis content que ton rêve se réalise maintenant.

— Je suis heureux, parce que pour moi, ce retour vers la montagne de mes ancêtres est comme un bonheur auquel je ne croyais plus, et compte tenu de mon âge, je ne serai jamais parti à l'aventure !

— On dit qu'un bonheur n'arrive jamais seul ... et le dicton se révèle vrai !

— Ce que je trouve hors du commun, c'est la gentillesse de ma belle-fille, elle s'est associée totalement au projet de mon fils pour que tout cela se réalise, et en plus elle nous laisse partir avec mon petit-fils. Aujourd'hui, je ne me sens plus prisonnier de mon coin de terre de Provence, même si je l'aime au point de ne pouvoir jamais le quitter. J'avais tellement envie depuis toujours de revenir marcher sur les champs et les chemins qui m'ont vu naître, ce pays lointain dans mon imagination ...

— Ce n'est pas si loin, quelques heures de train, c'est comme une renaissance, tu vas avoir le temps de rêver, d'imaginer et tu vas découvrir doucement les paysages de ton enfance.

— Oui, je vais aussi vérifier si mes souvenirs sont les bons, si je n'ai pas trop inventé ou mystifié ce que je crois être la réalité. De toutes les façons, ça ne sera jamais comme je l'ai connu, le monde change, les gens ne sont plus les mêmes, et les paysages se transforment avec toutes les constructions, les villages qui s'agrandissent, les routes qui sont de plus en plus nombreuses.

Il me décrivait déjà un nouveau pays, celui de maintenant qu'il n'avait pourtant pas connu, il y mettait des images d'antan sur une trame de vie moderne, même s'il s'en était éloigné en restant sur ses collines du Cengle. Il s'était tout à coup levé et prenant sa lettre avec lui - il ne voulait surtout pas que j'y touche - il était parti sans explication vers la maison.

Je le revoyais revenir aussi vite qu'il y était allé, et il tenait sous son bras droit, la boite en fer des photos auxquelles il tenait le plus. Il la posait sur la table, l'ouvrait et prenant la fameuse photo où il posait avec son père devant une montagne il me dit de sa voix couverte :

— Je vais faire la même chose, une génération plus tard, c'est la même photo que je veux refaire, elle sera une trace pour Fausto et Luciano !

— La vie est un éternel recommencement lui répondis-je, je crois que nous faisons presque toujours les mêmes parcours, les uns après les autres, nous gardons des traces écrites, des images, et nous reprenons les mêmes idées, parfois nous gardons les mêmes idéaux, tout s'inscrit dans une continuité, et nous disparaissons un jour pour que nos enfants poursuivent sur les mêmes chemins, tout en progressant avec ce que nous leur avons appris, ou pas !

Nous étions dans un court instant de réflexion importante, nos vies défilaient au travers de souvenirs ponctuels et nous dessinions alors le grand destin de l'humanité qui avance irrémédiablement de génération en génération, sans avoir l'impression que nous aussi faisions partie de ce "Grand Tout" qui nous emporte sans que nous nous en apercevions.

Emilio regardait à nouveau ces deux photos jaunies, celle où il posait avec son père, et celle de son fils, il passait ses doigts dessus comme pour en puiser les dernières traces d'énergie, comme pour effacer le temps et replonger dans les couleurs des événements passés.

— Bientôt avec mon fils et mon petit-fils, je vais écrire une nouvelle histoire et notre famille va continuer sa route dans les temps à venir, au moins il y aura une vraie empreinte de ce que nous aurons accompli qui les marquera, et je serai ainsi pour toujours avec eux !

Emilio nageait dans une sorte de plénitude intérieur, il s'imaginait toutes sortes de situations, il rêvait à reproduire ce qu'il avait connu il y a si longtemps.

Reprenant sa boite aux souvenirs, il se levait et m'invitait à le suivre pour aller au jardin. Je sentais alors sur moi, tout le poids d'une histoire, de tout ce temps qu'il avait besoin de reconstruire, il voulait renouer les nœuds de sa vie antérieure et faire en sorte que soient bien attachés les deux bouts d'un même fil qu'il tenait seul entre ses deux mains.

Il marchait tranquillement vers son jardin, comme s'il allait loin vers l'infini, et c'était comme un film au ralenti avec cette lumineuse sensation d'éternité, de recommencement indéfinissable, qui me resterait de cet instant, un peu comme une photo que l'on imprime définitivement pour la garder toujours avec soi.

Il me paraissait ainsi infiniment grand et généreux, comme ces souvenirs que l'on a d'un grands-parents ou d'un être cher qui est parti. Sa vie n'avait pas été malheureuse, ni extraordinaire, mais dans l'ordinaire des choses, il avait laissé passer du temps qu'il comptait bien rattraper.

Cette lenteur, que je ressentais alors, sublimait l'impression que l'ambiance du lieu dégageait, alors qu'à aucun autre moment je n'avais perçu autant de force, autant d'énergie. Emilio en était-il la cause ?

Il posait à même la terre, sa boite en fer, prenait un vieux couteau à la lame émoussée et coupait à la racine, deux salades bien vertes et me les tendait en me disant :

— Tu vas te régaler, elles sont bien fermes et bien tendres. Et puis ce soir, je vais profiter de ce que tu m'as apporté, et manger une de ces belles truites en rêvant à tout ce qui va m'arriver.

La soirée sur la montagne promettait d'être radieuse, douce et agréable à laisser le temps couler en réflexions.

Je regardais ce jardin que j'aimais pour son harmonie avec l'environnement, il ne détonait pas dans ces paysages préservés, j'étais rassuré sur la beauté intrinsèque de cette nature simple, et aussi dans la faculté que l'homme peut avoir en créant de jolies parcelles cultivées bien entretenues, sur cette terre qui me portait et qui me donnait souvent plaisir à vivre.

Les teintes de cette fin d'après-midi d'automne viraient à l'orange du soleil couchant.

Une nuée de moucherons s'envolait alors que nous sortions du jardin, et au-dessus de nos têtes, un vol d'hirondelles passait et zigzaguait à toute vitesse, Emilio marchait doucement entre le jardin et la maison, il tenait toujours aussi fermement sa boite aux secrets et me dit :

— La semaine prochaine si ça te dit bien sûr, on ira du côté de Bibémus !

— Je connais ! ... mais j'aime bien y aller et les chemins sont agréables, on y voit bien la montagne de ce côté, c'est d'accord, on se cale le rendez-vous à jeudi prochain en début d'après-midi s'il fait beau.

Je le quittais, imaginant déjà ce que pourrait être cette prochaine sortie, nous avions toujours beaucoup de choses à partager, et le monde autour de nous était toujours source de discussions.

Nous vivons une drôle d'époque, me disait-il souvent, faite de controverses, de haines multiples, de dégradations, d'opportunités sans fin et toujours au détriment des plus démunis.

Nos échanges ne changeraient pas le monde, tout au plus avions nous une vision plus claire des erreurs passées, des choses à faire dans l'avenir, nous n'étions pas les maîtres du monde, simplement nos vues échangées nous confortaient dans nos amitiés, nos points de vue et nos passions.

Emilio était de ces gens qui ne voulait plus se bagarrer inutilement, il jugeait ce monde futile et en était sorti par la petite porte. Il ne voulait pas laisser de trace, il n'avait pas d'ambition politique, sociale, ni même familiale. Il se contentait de vivre, d'aimer et regardait tout ce qui s'agitait autour de son petit univers avec ironie, parfois avec un peu de crainte, en tout cas sans grand espoir d'y voir beaucoup de changements positifs. Il avait perçu depuis longtemps les défauts de son entourage, il avait appris à contourner les difficultés avec beaucoup d'efforts, et jamais contre qui que ce soit, il était devenu transparent à tous ceux qui ne le regardaient pas, et il n'en n'avait rien à faire.

Du temps qui passe …

— Ah te voilà ! Tu es encore en retard !

Je l'entendais me crier ces quelques mots depuis sa voiture antique que je n'avais pas vue. Sur le parking, il l'avait mise en retrait derrière un gros rocher entre deux troncs énormes de pins centenaires. Il s'était caché pour me faire une farce, la couleur de sa 2CV, d'un beige jaunissant devenu sale et décoloré, passait inaperçue au milieu de la nature dans les herbes séchées et les troncs presque noirs des grands pins.

— Toujours à blaguer ! Bougre de malin, lui dis-je sans détour, je ne t'ai pas cherché longtemps je viens d'arriver, il y avait du monde sur la route, et je n'ai que dix petites minutes de retard !

Il descendait de sa voiture en se dépliant comme à l'accoutumée d'abord pied gauche puis toute la jambe, en se tenant à sa portière, et se levait en riant, de ce rire qui le rendait tellement humain, tellement accessible aussi. Il avait cette faculté d'emporter avec lui ceux qui l'écoutait …

— Je t'ai réservé une surprise ! Regarde derrière toi, qui est venu nous accompagner ce matin …

Je me retournais, Olivier était suspendu à son téléphone, il regardait vers moi, me faisant un grand signe en guise de bonjour. Il semblait en grande discussion, parlait aussi avec sa main droite qu'il avait gardée libre, qu'il agitait frénétiquement, moulinant l'air dans tous les sens selon l'intensité de ses paroles.

— Tu vois c'est une bonne surprise, il m'a appelé hier soir et j'en ai profité pour lui demander de se joindre à nous. Je savais que tu ne l'avais pas vu depuis un moment, nous aurons sûrement plein de choses à nous dire !

En attendant qu'Olivier se libère de son téléphone, Emilio me parlait de sa route tranquille, qu'il avait faite, ce matin en passant par les arrières, pour arriver sur la route de Vauvenargues. Il me disait avoir pris son temps, il s'était même arrêté à plusieurs reprises pour revoir les points de vue que Cézanne avait fréquentés. Il y voyait comme des points de repères visuels, reconnus de tous et qui étaient entrés dans la mémoire collective.

Ce regard qu'il jetait alors sur ces endroits, il les trouvait bien changés, la végétation avait beaucoup grandi depuis des décennies, et il ne reconnaissait pas totalement les paysages que le peintre avait pu observer, hormis la masse montagneuse qui restait immanquablement à sa place, changeant seulement ses couleurs au fil des heures et des saisons.

Nous étions assis sur le rocher près de sa voiture et il faisait semblant de ronchonner en regardant Olivier au téléphone.

— Ces jeunes, ils n'ont plus le temps de rien, ils ne savent plus s'organiser, et avec leurs satanés téléphones ils sont toujours dérangés, même quand ils sont en vacances, je ne les envie pas. J'ai gardé mes habitudes d'avant, et je ne donne plus mon numéro de téléphone à tout le monde, seuls mes amis le connaissent et je ne veux pas qu'on m'appelle pour des raisons commerciales ou publicitaires, où pour des riens sans importance qui vous mangent la tête.

Il le disait en riant, mais tout de même il y avait un air de vérité, et je pensais qu'il avait raison, même si je faisais comme tous ces gens plus jeunes qui utilisent leur appareil sans aucune gêne.

— Ne fais pas le grincheux ! tu es un dinosaure maintenant !

— Ne te moques pas de moi, tu verras quand tu auras mon âge, tu te diras que le temps qui reste est si précieux, que tu feras comme moi, pour profiter d'un rayon de soleil, d'un moment de farniente ! ... Olivier venait de raccrocher son appel et se dirigeait rapidement vers nous.

— Alors les anciens, nous dit-il, ancien et moins ancien pour dire la vérité ! Je suis ravi de vous voir ensemble, ce n'est pas si souvent qu'on arrive à faire des sorties en commun.

Il avait mis ses chaussures de marche, elles étaient presque neuves, il ne devait pas souvent quitter sa ville d'adoption.

— Toute va bien sur Aix ? ... lui demandais-je en lui tendant la main. Il se reculait et me répondait :

— Tu me serres la main maintenant, comme à un étranger, on ne se fait plus la bise ?

— Mais non, c'est un réflexe et comme de coutume ici, je lui tendais la joue pour un salut confraternel, presque familial, il en faisait de même avec Emilio.

— Alors comment il va le Papé ? Toujours alerte, toujours en vadrouille ?

— Bien sûr ! Répondit immédiatement Emilio ... et je suis très content que tu aies pu te dégager quelques heures avec nous, j'avais envie de faire une longue promenade pas trop difficile avec ceux que j'aime !

Voilà, c'était dit, il donnait immédiatement à penser ce qu'il ressentait, comme à chaque fois, et c'est ce qui faisait le charme d'Emilio, brut de décoffrage comme on dit, sans arrière-pensée. J'ai choisi une balade facile pour tes jambes de citadin que tu es !

Nous étions sous les grands pins, quelques aiguilles devenues sèches tombaient de leurs cimes et venaient compléter le tapis couleur bois du sol, et dans ce silence étonnant de quelques secondes on les entendait glisser sur la carrosserie de la voiture. Un geai bruyant traversait la frondaison des pins, c'était lui qui venait de nous arroser de ces quelques aiguilles en se posant sans nous avertir, dans l'arbre au-dessus de nous.

— Aller Zou ! dit Emilio, on y va sinon ça va être trop long !

Nous avons pris le chemin en zigzagues qui descend doucement au travers des pins, quelques trouées de-ci de-là nous laissaient entrevoir la face Ouest de la montagne, il faisait bon à marcher lentement en bonne compagnie.

L'air du matin sentait la résine des pins, j'avais l'impression de sucer un bonbon, et je voyais que chacun d'entre nous remplissait ses poumons de cette merveilleuse senteur des arbres et de la terre sans mot dire, mais en jouissait pleinement comme si les effets instantanés nous remontaient au cerveau dans une plénitude vivifiante et bienfaisante.

— Olivier, sais-tu que je viens de recevoir une lettre de Fausto et Jenna, et figures-toi qu'ils veulent que j'aille revoir ma maison d'enfance dans le Piémont ?

— Pour de vrai ?

— Oui, Fausto m'en avait parlé un peu aux vacances, et là ils ont pris une grande décision, ils veulent revenir pour la fin du mois et me faire sortir de mon trou.

— L'événement du siècle ! S'écriait Olivier.

— Oui carrément, je ne pensais pas que ce serait possible, mais Jenna m'a personnellement écrit une jolie lettre me demandant d'accepter.

— J'espère que tu as dit oui ?

— Bien sûr, ça n'a pas été sans me faire de réflexions, mais comme Jenna s'est proposée de me garder la maison, j'ai dit oui avec beaucoup de bonheur et quelques hésitations. Et puis de cette façon je vais exaucer un vœu de Fausto et en même temps je vais enfin revoir ma terre d'origine. La boucle sera bouclée, et puis tu vois, on partira en train avec mon petit Luciano. Quelle belle aventure familiale !

Emilio s'était rapproché d'Olivier, il continuait de lui parler de ce projet pour la fin de ce mois d'octobre, il racontait à Olivier qui s'était tu, les mots que Jenna avait si gentiment écrits.

Il lui disait que son sacrifice pour se séparer du petit, n'était pas trop difficile, il serait avec son père et son grand-père, et qu'elle pourrait profiter de la région, ce dont elle avait envie depuis toujours et qu'elle n'avait pas pu réaliser aux dernières vacances. Il dit alors à Olivier :

— J'espère que tu pourras faire visiter Aix et un peu de notre belle région à Jenna, ça lui fera plaisir, et je pense que Fausto sera rassuré de la savoir avec toi, c'est une américaine et je ne voudrais pas qu'on la prenne trop pour une touriste, et puis elle verra ainsi de plus de beaux endroits en étant bien accompagnée.

— Bien sûr je le ferai avec grand plaisir, mais il me semble que Fausto m'en avait déjà un peu parlé, mais ce n'était pas prévu à si courte échéance pourtant !

— Fausto à réussi à négocier une vacation en France pour son travail, je crois qu'il a une mission à Paris, et il en profitera pour finir les quelques jours de vacances qui lui reste à prendre, c'est pour ça qu'ils reviennent déjà.

— Très bien !

Olivier réfléchissait déjà à ce qu'il devrait faire et au temps qu'il passerait avec la femme de son meilleur ami.

— Je l'emmènerai dans les bars que nous fréquentions quand nous étions encore jeunes avec Fausto et Doumé, et on ira dans les petits restaurants place des Cardeurs, je suis sûr qu'elle aimera.

— Il a bien préparé son coup mon fiston ! Tu étais un peu au courant et moi pas, je n'en reviens pas !

— Et oui, mais c'était secret, je ne pouvais rien dire parce qu'il ne savait pas s'il pourrait facilement se dégager.

Nous arrivions à mi-chemin de la promenade, au loin le soleil déjà vaillant éclairait en contre-jour les reliefs de la montagne.

En contrebas, on voyait les brillances et reflets sur les eaux vertes du barrage Zola. La lumière du matin vibrait dans des tons de vert foncé allant jusqu'au noir intense des troncs enfouis dans les ombres. Le sommet avec la Croix de Provence dominait le paysage, dans une masse toute grise qui dominait le paysage illuminé par les blancheurs du soleil matinal.

Emilio regardait au loin, il était dans les derniers nuages accrochés sur la montagne, il voyageait déjà dans une autre région, hors de ce temps qui nous concernait là, maintenant. Il marchait le coeur léger, mais il était tout de même préoccupé par ce voyage, si loin dans sa mémoire, et en fait si près géographiquement, à quelques heures seulement d'ici à travers les Alpes.

— C'est loin et c'est près me dit-il … quand je vois tout ce temps qui est passé, quand je pense à tout ce que je n'ai pas vu et à ceux que nous avons laissés là-bas. Je ne savais pas que mon avenir serait si différent de celui de mes grands-parents, et en plus dans un autre pays. Des fois je regrette d'être parti, mais il le fallait, la vie était trop difficile, et pour mon fils il n'y avait pas d'avenir … Maintenant ce qui est bien, c'est que je peux enfin regarder derrière moi, je le fais un peu pour moi, mais surtout pour ma descendance. Fausto et Luciano auront en commun une histoire qui nous liera pour toujours, ils pourront en parler ensemble. Leur avenir est encore long à écrire, les dernières pages de mon propre livre vont bientôt finir de se tourner, et je veux être dans cette histoire, dans leur livre à eux.

— Je te comprend tellement, que je t'écoute sans rien y ajouter, la vie nous emmène tous au même endroit, vers cet inconnu qui nous fait peur. Mais restons positifs et regardons les temps qui nous restent avec sérénité, nous avons déjà fait un grand parcours. Et tu as raison, mon cher Emilio, le temps passe et comment pourrait-on envisager sereinement des lendemains, quels que soient leur échéance, sans avoir connaissance de son propre passé. Je crois sincèrement que se projeter dans l'avenir, c'est l'art de tenir compte de ses expériences, de son vécu sensible, de ce qui nous reste des nôtres aussi, qui sont partis. C'est pour cela que la famille, proche ainsi que les ancêtres ont tant d'importance. Le partage et la proximité d'idées prévaut sur l'expérience hasardeuse.

— Je suis heureux que tu le penses ainsi !

Emilio regardait dans le vide, il plongeait son regard absent dans son propre passé, repoussant les limites de sa propre vie dans celles de ses grands-parents et parents, à qui il pensait devoir tant de ce qu'il savait aujourd'hui.

Je le laissais un instant dans ses retours si importants dans les temps d'autrefois, je revoyais moi aussi ces mêmes images imprimées dans mon ADN, et je percevais tout le bonheur qu'il y avait à replonger dans mes racines, même incomplètes, même si le temps et ma propre mémoire les avaient déformées ou effacées partiellement. Mais je savais aussi toute l'importance dans cette relation au temps, qu'il n'y avait pas d'avenir serein possible sans références au vécu. Une petite histoire est une vraie histoire, elle s'inscrit dans une vie et garde toute son importance, pensais-je alors.

Je lui enviais ce court instant qui fait remonter tout le passé dans une bulle de conscience, qui allume mille souvenirs, et comme une douce musique vous emporte dans la mélodie des temps écoulés, ne gardant que l'essentiel au bonheur présent.

Sortant de son mutisme temporaire, il me regardait droit dans les yeux, sondait presque mon âme, et convaincu qu'il pouvait me dire ce qui lui importait au plus profond de ses réflexions, disait alors :

— On n'apprend pas à combattre les tempêtes en restant enfermé dans sa cave, c'est ce que me disait ma grand-mère quand j'avais peur des orages et que je voulais me cacher, il faut affronter le monde pour se construire. Ouvrir son attention aux autres, tenter de comprendre et d'améliorer.

C'est l'apanage des jeunes, des entreprenants, de ceux qui ne craignent pas de se confronter aux difficultés et à l'inconnu. Leurs expériences, et celles de ceux qui sont venus avant eux qui les ont guidés, est un atout majeur. C'est pour tout ça que j'admire mon fils, il a eu ce courage, cet esprit de faire à sa façon, il s'est débrouillé tout seul, et je pense qu'il a gagné. Sans aller aussi loin, sans être dans un combat permanent, il y a aussi tous ceux qui s'impliquent dans une vie quotidienne, et qui font simplement référence à leurs familles et à ce qu'ils en ont appris. C'est ce qui fait aussi la différence entre nous tous …

Nous étions en plein délire philosophique, nous refaisions le monde à notre façon, humaine, parfois un peu simpliste, dépourvue de prétentions, mais accrochée à nos réalités.

Dans ses silences, il revoyait toute sa vie, celle de son Fausto qu'il avait emmené jusqu'ici en Provence, et sa vie maintenant loin de toutes terres natales connues. Il avait accompli un sacré bout de chemin, en sacrifiant peut-être une part de rêve, mais il n'en n'était pas certain.

Olivier nous avait fait remarquer que l'on discutait plus que l'on ne se promenait, et qu'il aimerait bien un peu partager de cette belle journée. Après tout il nous avait rejoint pour passer du bon temps avec nous, par pour nous laisser refaire notre vie.

— Si ça ne vous ennuie pas, vous pourrez continuer cette discussion autour d'une bonne table, ça peut attendre demain, non ?

— Excuse-nous s'il te plaît, nous nous laissons parfois un peu aller !

— Ne vous inquiétez pas, pour l'avenir tout va bien se passer et après tout ce n'est qu'un beau voyage.

Olivier ne s'imaginait pas entièrement l'importance que ce périple allait avoir sur Emilio. Pour lui l'Italie, et le Piémont encore plus, c'était la porte à côté. Il connaissait la région, comme beaucoup de Provençaux, et n'y prêtait plus grande attention, tout juste était-il allé l'année passée avec quelques amis, faire les boutiques de mode à Turin au moment des soldes.

— Peux-tu me dire quand ils seront là ? Il faut que j'organise mes emplois du temps, à l'automne les gens commencent à chercher leurs futurs logements pour le printemps, et cette année j'ai le sentiment qu'il va y avoir du travail.

— Dernière quinzaine d'octobre, ils seront à la maison, répondit Emilio ... mais nous partirons aussitôt le samedi de leur arrivée pour un voyage de quatre jours, je ne te verrai pas, il n'y aura que Jenna.

Olivier prenait bonne note, passait devant nous, et accélérait le pas.

C'était une promenade en toute simplicité, nous marchions de plus en plus les uns derrière les autres, Emilio fermait la marche à quelques dizaines de mètres derrière, nous devions faire souvent des haltes pour l'attendre.

Olivier en profitait pour me parler de sa vie très occupée sur Aix et me demandait si j'avais réussi à voir Doumé. Je le rassurais sur ce point et lui racontais en détail notre dernière escapade de pêche au Verdon. Il était vert de jalousie pour cette fameuse belle truite que Doumé avait prise quand il était avec moi, et me disait :

— Il aurait pu me le dire, faut toujours qu'il cache ses belles prises. Il est tellement bon pêcheur que je l'ai rarement vu abandonné une partie sans prendre de poisson. Ce que j'aime avec lui, c'est son respect pour la nature, il ne pêche pas pour manger du poisson, il les trouve tellement beau qu'il préfère les voir vivants et les remet toujours à l'eau.

— Ah... il l'aime sa rivière et il veut absolument la préserver, c'est pour ça qu'il n'emmène personne d'autre que nous sur les plus beaux endroits ! ... Tu as dû te régaler je suppose !

— Oui, c'est évident, même si je n'ai pas attrapé autant de poissons que lui, mais nous avons passé deux journées quasiment dans l'eau, il faisait si beau que j'en rêve encore.

Je ne sais pas si tu l'as vu faire, mais quand il remet un beau poisson sauvage à l'eau, il l'embrasse et lui souhaite longue vie, et le laisse sortir doucement de ses mains. J'avais presque l'impression que la truite le regardait et ne craignait rien, elle ne bougeait presque pas, puis elle est partie lentement en fouettant doucement l'eau de sa queue comme pour lui dire au revoir. Je peux t'assurer que le Doumé était vraiment content, comme s'il avait gagné une récompense.

— Il va falloir le motiver pour qu'il nous emmène tous ensemble, avant la date de fermeture !

Olivier rageait de savoir que son copain attrapait encore de beaux poissons, il ne l'enviait pas parce que lui aussi pêchait de la même façon, dans le même respect de la nature, mais il aurait aimé assister à ce spectacle.

Emilio se fatiguait, il marchait plus lentement et nous lui avons proposé de rentrer, ce qu'il acceptait facilement.

— J'ai un peu mal aux reins dit-il, et je ne vais pas tenir longtemps à marcher. Allez devant, je vous attends ici, ou un peu plus haut sur le chemin du retour.

Nous refusions de partir sans lui, et nous fîmes le chemin en sens inverse sans aucun problème. Quelques phrases sur le temps, sur la beauté de la nature qui nous environnait, sur l'automne qui prenait ses marques et nous arrivions chacun à nos voitures pour rentrer à nos domiciles.

— Quand Fausto et Jenna seront arrivés je t'appellerai !

Emilio nous quittait en premier, et juste avant de quitter Olivier, je lui disais que j'appellerai Doumé pour une dernière sortie dans les gorges du Verdon, le dernier week-end avant la fermeture annuelle. Il insistait bien sûr pour que nous y allions tous les trois, il voulait revoir les bons coins sur les eaux vertes et connaître les lieux où Doumé m'avait guidé.

Rendez-vous était pris le soir même, pour la dernière partie de pêche de la saison.

La semaine suivante, après quelques jours de vent et de pluie sur les hauteurs, nous nous sommes retrouvés tous les trois au bord de l'eau.

Ce fut une sortie agréable, une belle journée de partage qui se terminait au soir par un joyeux repas entre amis, et nous sommes rentrés très tard ce jour-là. Entre échanges sur les techniques, les matériels, les coins de pêche, et discussions plus conséquentes sur cette nature qui nous préoccupait, nos discussions à trois allaient bon train.

Nous étions tous inquiets de la disparition ou de la raréfaction de certaines espèces, et faisions l'amer constat que rien n'était plus comme avant. Il y avait urgence à protéger cet environnement et à en préserver la faune et même la flore.

En rentrant par les routes tortueuses, je regardais une dernière fois, jusqu'au printemps prochain, ces gorges taillées dans la roche, vertigineuses et si magiques.

Je restais silencieux, et par la fenêtre de la voiture j'enviais Doumé et sa vie tranquille proche de la terre de Haute Provence, sa petite maison nichée dans un paradis de nature protégée et tout ce qui en faisait un havre de paix à l'image de nos vies d'avant, qu'il restaurait jalousement pour préserver une vie loin des tracas du monde moderne.

Je faisais une fois de plus l'amer constat que ce monde changeait trop vite, que la nature subissait trop de sollicitations de la part de tous, et que maintenant il fallait s'obliger à la respecter alors qu'il aurait été plus facile de ne pas l'abîmer.

Départ vers l'Italie, sur les traces du passé …

— Dis Papi, quand est-ce qu'on part en Italie avec Papa et toi ?

Luciano et ses parents venaient d'arriver la veille par le même avion qui les avait déposés à Marseille-Provence, la dernière fois au début de l'été.

— Après-demain matin de bonne heure, ce sera un long voyage.

Emilio avait pris son petit-fils dans les bras et le serrait contre lui. Le gamin se laissait faire quelques secondes et revenait à ses questions, gigotant tant dans les bras de son grand-père, qui le lâchait pour qu'il puisse galoper.

— Papi, papi …

Il prenait la main de son grand-père et la secouait, et lui demandait …

— C'est loin l'Italie ?

— Tu vas voir on va faire un grand voyage tous les trois, il faudra patienter et puis tu verras où j'ai vécu il y a très longtemps.

— C'est quoi longtemps ? dit Luciano d'un petit air effronté …

Il n'avait sûrement pas à l'esprit cette notion d'un temps lointain, de ce temps que l'on mesure chaque jour et qui pour cette fois, les avait réunis tous les trois pour un même périple.

— Je vais avoir beaucoup de temps pour t'expliquer, dans le train on sera assis longtemps, longtemps … et je te raconterai mon histoire.

Jenna venait de prendre le petit par la main, il s'agitait, impatient d'avoir des réponses à sa curiosité.

— Laisse Papi tranquille lui dit-elle, il te dira ses histoires quand vous serez dans le train. Et viens prendre ton goûter, c'est l'heure !

Jenna regardait tendrement son beau-père, elle voyait toute la patience qu'il avait envers son petit-fils, elle n'avait jamais osé imaginer qu'il pouvait être si attaché à son fils et son petit-fils maintenant.

Elle se sentait heureuse de les laisser partir ensemble, elle avait le sentiment d'avoir bien fait de ne pas les accompagner, ce serait un grand espace de liberté pour eux, un apprentissage de vie entre trois générations unies par les mêmes liens.

Elle en avait parlé avec Fausto, qui avait été étonné de sa proposition, et qui tout compte fait avait trouvé que c'était une merveilleuse idée qui rassurerait son père qui ne voulait pas quitter sa maison. Il pensait alors à ce voyage à trois, il se voyait entre son père et son fils, comme dans un roman, une histoire qu'ils pourraient tous se raconter en gardant de beaux souvenirs de cette aventure mémorable.

Pour Emilio, les quelques journées entre attente des enfants, préparation de la maison pour héberger Jenna pendant leur voyage, valises et quelques coups de téléphone, ne lui avaient pas laissé le temps de se promener.

Il avait un peu oublié cette montagne derrière chez lui, il n'avait plus eu l'idée de la regarder, de lui parler. Il pensait tout le temps à cette autre montagne des Alpes qui l'avait vu naître, il cherchait désespérément les souvenirs qu'il avait laissés là-bas depuis trop longtemps. Il se doutait que la surprise serait grande, mais il se sentait si excité à retrouver ces traces du passé, de son enfance, qu'il ne pensait plus qu'à ses parents, ses grands-parents, dans ces collines en bas des Alpes italiennes, l'autre côté de cette frontière qu'il n'avait plus franchie depuis son arrivée avec son père en Provence.

Jenna les avait emmenés en milieu de matinée à la gare de Marseille, pour le train de 11h57. Un silence convenu avait envahi la voiture pendant le court voyage, troublé seulement par quelques questions de Luciano, qui comme à son habitude mélangeait quelques mots d'anglais au français qu'il commençait à bien maîtriser.

— Dad, pourquoi il y a autant de vieilles maisons ici ?

— Marseille est une vieille ville tu sais, très vieille, elle est née quand des marins grecs sont venus s'installer ici six cents ans avant Jésus Christ ... lui répondait rapidement Fausto.

La voiture garée en bas de la gare, chacun prenait sa valise, et Luciano avec son petit sac à dos commençait à grimper le grand escalier en sautillant de marche en marche, il ne tenait pas en place.

Dans la grande gare, sur les quais qui paraissaient immenses, Emilio serrait très fort la main du petit garçon.

— Tu me fais mal Papi, tu serres trop fort ...

— Pardon, je ne faisais pas exprès, j'ai trop peur que tu tombes le long des voies, c'est dangereux tu sais !
— Oui, je sais, mais j'ai déjà pris le train avec papa et maman, je connais ...
Emilio desserrait l'étreinte de sa main sans lâcher l'enfant, il regardait maintenant son fils qui entourait sa femme de ses bras, et il se rappelait de ces quelques bons moments quand dans sa jeunesse, il avait eu les mêmes élans et les mêmes bonheurs.
Par pudeur il n'en avait jamais parlé, il avait tout gardé dans son cœur n'osant jamais dire ce qu'il avait ressenti alors, ni parents, ni enfant à qui se confier, ni personne à qui raconter ses bonheurs. La solitude avait pris sa vie dans ses filets, l'avait entourée de longs moments vides, et il s'y était habitué. Aujourd'hui il pouvait enfin rompre ces silences, il pouvait embrasser, étreindre ses enfants, et tout le plaisir qui en naissait le réjouissait infiniment. Fausto était monté dans le train, il attrapait son fils par la main pour le guider puis prenant le bagage de son père, l'aidait à monter les petites marches dès qu'il eut fini de serrer Jenna dans ses bras.
Elle avait une larme d'émotion aux coins de ses yeux, elle ne disait rien, envoyant mille baisers à Luciano, qui lui faisait de grands signes en s'installant derrière la vitre. La séparation serait de courte durée, elle l'avait souhaité ainsi, et c'est avec beaucoup de bonheur qu'elle quittait le quai, laissant le train aller vers le destin commun de ses deux amours et de leur grand-père dans ce voyage quasi initiatique.
Elle traversait les vieux quartiers de Marseille avec un peu d'appréhension et reprenant la route vers le nord, faisait un grand détour par la route qui longe les collines de Marcel Pagnol, qu'elle ne connaissait qu'au travers des romans que Fausto lui avait fait lire. Il lui disait souvent qu'elle y trouverait l'essentiel de la Provence. Elle les avait lus avec gourmandise, mais avait besoin de se rendre compte par

elle-même à quoi ressemblait véritablement ces paysages idylliques.

Elle décidait alors de passer par les petites villes qui jalonnaient sa route jusqu'en dessous de Aix-en-Provence. Elle s'était arrêtée plusieurs fois sur le bord des routes regardant les paysages de collines, du côté d'Aubagne.

Elle s'imprégnait de chaque creux, de chaque sommet, de chaque village, remplissant sa mémoire de toutes ces formes uniques et resplendissantes au soleil du Sud.

Elle goûtait simplement au plaisir de respirer le bon air chaud d'ici, elle regardait avec avidité tous les détails, comme si elle photographiait les paysages. Elle retrouvait ces sensations qu'elle avait imaginées au travers des lignes de ces fabuleux romans du Sud ensoleillé.

Avant d'arriver sur la ville d'Aix, elle prenait la route nationale qui passe par Gréasque, Fuveau, puis La Barque avant de bifurquer vers Rousset pour aller dans les collines du Cengle. Elle n'était plus pressée, personne ne l'attendait, elle goûtait elle aussi à la joie d'exister sans rien devoir à quiconque, sans être attendue, ni oppressée par aucune obligation.

La liberté en quelque sorte.

Elle s'était arrêtée sur le bord de la route quelques instants, et avait aperçu la montagne Sainte Victoire depuis Le Plan de Meyreuil, elle la voyait dans toute sa splendeur rocheuse, accrochée au-dessus des champs labourés fraîchement. Tout autour les arbres commençaient à perdre de leur feuillage épais, les chênes commençaient à prendre des teintes ocres, les cyprès toujours identiques à eux-mêmes marquaient la campagne de leurs flèches droites dressées vers le ciel bleu, pointant ici et là l'emplacement d'une bastide ancienne.

Elle trouvait ce paysage tellement beau, qu'elle le regardait avec attention, elle respirait doucement comme pour goûter l'air, balayant du regard toute la montagne d'Ouest en Est. Puis, plutôt que de rentrer hâtivement chez son beau-père, elle préférait sacrifier son déjeuner, sachant que personne ne l'attendait, et prenait la petite route passant de Chateauneuf-le-rouge à Beaurecueil, par les collines du Cengle de Négrel, pour arriver enfin à Beaurecueil.

Elle avait tant entendu Emilio lui parler de cette route qu'il prenait entre ici et sa maison, et elle s'était octroyée un temps précieux pour enfin la parcourir seule, en découvrir les points de vue, et comprendre comment il pouvait aimer à ce point ces endroits au pied de la Sainte Victoire.

Elle avait souvent entendu Fausto lui dire aussi, que cette route était comme un aimant, elle attirait le regard, elle donnait envie de s'arrêter, elle était si incontournable que tous ceux qui visitaient la montagne passaient par là. Jenna savait qu'elle trouverait du bonheur à être là, pas le même que celui d'Emilio, mais au moins elle pourrait partager avec lui et son fils, ces endroits que le monde entier regardait avec envie.

Ouvrant les vitres de la voiture, elle laissait l'air chaud entrer à grands remous dans l'habitacle, et se laissait décoiffer par les vents secs. Elle avait mis la radio en sourdine, juste pour aider son imagination à voyager et une des symphonies de Mozart diffusée par l'autoradio distillait une douce ambiance qui la transportait ailleurs.

Les pins défilaient le long de la route et depuis l'Aurigon jusqu'au Bouquet, elle roulait doucement, s'arrêtait à tous les emplacements de parking pour observer les crêtes au-dessus de la route. Elle s'émerveillait à chaque arrêt, regrettant de n'avoir pas l'appareil photo - qu'elle avait laissé exprès à Fausto - pour immortaliser les lumières si particulières qu'elle percevait entre les arbres, sur les terres rouges à gauche de la route, ou encore si blanches sur les parois et le sommet qui porte la grande croix.

Par moment elle avait une pensée pour son fils et son mari, elle les imaginait dans ce train qui les emmenait lentement vers le passé d'Emilio, elle aurait voulu être une petite souris, pour voir comment Luciano faisait avec son grand-père.

Ce soir Fausto l'appellera, et elle lui racontera toute cette extraordinaire journée. Il y avait longtemps qu'elle n'était pas sortie de son ordinaire, de sa vie américaine laborieuse, elle prenait un plaisir fou à être libérée des contraintes, et revenait en pensée vers son Beau-père qu'elle affectionnait pour sa grande gentillesse et son sens du réel instantané.

En faisant seule, cette route dans les pas de celui qu'elle aimait maintenant un peu comme son propre père, elle comprenait son attachement à sa Provence, elle voyait ce qu'il racontait quand il parlait de ses promenades, elle savait qu'il vivait heureux dans cet univers fait de terre, de roches, d'arbres, d'oiseaux, de nuages, et de ce ciel si pur, si bleu. Elle savait maintenant comment il avait résisté à toutes les tentations de la vie moderne et qu'il pouvait se contenter de si peu, ce "si peu que la terre lui donnait chaque jour".

La route la portait, de virage en arrêt pour regarder la montagne, elle dégustait les secondes passées comme autant de petits bonheurs qu'elle n'avait pas connus auparavant.

Elle aussi s'attachait doucement à cet endroit si particulier. Quand elle sentait l'odeur des pins, elle se disait qu'ils n'avaient pas le même parfum que les grands géants de ces forêts immenses qu'elle connaissait depuis son enfance. Certains étaient tellement grands et vieux que rien au monde ne leur ressemblait. Elle s'y était habitué, et là elle trouvait tout à coup une magie dans ces arbres frêles, souvent penchés par les vents, cassés par les bourrasques parfois, et si aériens sur fond de ciel clair. En plus l'air sentait la garrigue, les herbes de toutes sortes, un air qui n'avait aucune ressemblance avec ce qu'elle connaissait chez elle.

Suivant doucement sa route, elle s'arrêtait une dernière fois après Saint-Antonin-sur-Bayon, au croisement de la route qui mène à Rousset. Elle savait qu'elle s'approchait de la maison. Elle s'était garée juste sous les grands pins à droite de la route de Rousset, elle était bien sur ce grand plateau du Cengle comme elle l'avait vu la dernière fois aux vacances.

Elle descendait alors au bord de la route, longeait le grand talus herbeux, et levant les yeux vers la montagne, mesurait toute la grandeur de la chaîne montagneuse qui lui faisait face, avec ses grandes falaises grises, ses pins qui poussaient dans les failles et les vallons à ses pieds.

Elle ressentait la chaleur de ce soleil particulier qui illuminait le paysage et blanchissait les roches des parois abruptes.

En regardant le ciel, elle voyait aussi une de ces buses qui tournoyait très haut en poussant ce cri inimitable qu'elle avait déjà entendu et qui lui avait fait penser au cri d'un enfant.

Ce que la Provence est belle se disait-elle dans le silence de son coeur, elle ressentait exactement ce qu'elle était venue chercher.

Elle fermait les yeux, imprimait cette belle image de montagne, reprenait sa voiture et allait alors directement à la maison.

Le portail était resté entrouvert, elle le poussait lentement tout en regardant la crête et après s'être garé sur le chemin de petits cailloux blancs, fit tout le tour de la maison dans laquelle elle allait passer cinq jours d'un intense bonheur solitaire.

Luciano et la discussion avec son grand-père ...

Pendant ce temps indéfinissable pour Jenna qui goûtait enfin au calme grandiose de cette fin d'après-midi, Luciano, son père, et son grand-père, se trouvaient à plus que mi-chemin sur les rails que le train franchissait trop lentement. Ils avaient passé Vintimille et le train filait un peu plus vite sur la portion entre San-Remo et Imperia.

— Regarde Papi, c'est beau la mer vue d'en haut ...

Le petit garçon restait accroché à la fenêtre du train, il regardait les arbres défiler sous lui, l'immensité de la mer Ligurienne s'étendait devant ses yeux émerveillés.

— Tu as vu comme elle bleue ! lui dit Emilio ... Je ne me rappelais pas qu'elle était aussi bleue.

Ils firent une halte d'une nuit dans un petit hôtel près de la gare à Savone pour faire le changement de ligne au petit matin. Un morceau de pizza pour le petit et quelques pâtes à la sauce tomate pour les grands, rapidement pris en ville sur une table de terrasse à l'extérieur, et ils rentrèrent se coucher pour s'éloigner de cette journée de fatigue.

Chacun s'endormit dans une quiétude bienvenue, la nuit chaude de cet automne les rassurait quant au temps qu'il ferait le lendemain.

Le départ au matin après un bon petit déjeuner fut plus difficile pour Luciano, qui n'avait pas bien dormi. Emilio le prenait à nouveau par la main dans la gare de Savone, puis juste après le départ trop lent, le bambin s'affalait sur la banquette et s'endormit, sur les genoux de son père.

— Nous ne sommes plus très loin de Turin dit Fausto, une bonne heure et demie d'ici, et ça fera du bien à ton petit-fils, il aura le temps de récupérer. Après ce sera aussi une petite heure de voiture pour arriver à Perosa ! ... c'est un peu long tout ça, mais je crois que nous avons raison de le faire ainsi, on a tout le temps de se préparer. Et puis les routes de campagne ne sont pas très belles, ni entretenues par ici, et on aurait mis plus de temps en voiture, nous aurions été plus fatigués.

— Tu sais mon fils, j'ai attendu si longtemps, qu'aujourd'hui je prends vraiment tout mon temps. J'essaye de me rappeler de ma vie d'avant, je revois mon père qui tournait en rond quand il n'avait pas de travail, et je pense que nous avons bien fait de partir en Provence quand plus rien n'allait ici, je n'aurais pas trouvé de travail non plus, et je n'aurais pas pu rester à la charge de mes parents. C'est vrai que tu as bien fait de prévoir ce voyage lent ainsi, je peux profiter sans fatigue de ce temps précieux pour me retrouver face à mes souvenirs, je me reconstruis doucement chaque fois que je vois des détails qui m'interpellent.

— Oui c'est vrai, curieusement la vie nous emmène sur des chemins que nous ignorons, puis on s'y fait, on prend ses responsabilités on vit ou on survit, mais on fait son chemin … J'en sais quelque chose aussi maintenant, c'est pour cela que ce voyage me paraissait important et je souhaite que Luciano trouve sa place dans ce monde rapidement sans avoir besoin comme nous de se déraciner, c'est parfois mentalement trop difficile à supporter …

Fausto, venait simplement de dire à son père, toutes ces souffrances que lui aussi avait enfouies dans tous ces départs d'un pays à un autre, et encore aujourd'hui il en ressentait de l'amertume.

Il aurait aimé pouvoir rester en Provence, mais rien ne s'est passé comme il l'avait envisagé, les circonstances en ayant décidé autrement. Emilio le regardait avec son regard calme, il voulait le réconforter, mais ne pouvait pas le faire, son petit-fils prenait maintenant toute cette place sur les genoux de son père, et l'empêchait ainsi de le prendre simplement dans ses bras, comme il aurait dû le faire il y a longtemps.

— Je t'aime mon fils et je sais que nous n'avons jamais eu de discussion comme celle-là, et c'est bien que nous ayons le temps de nous parler aujourd'hui. J'aurais aimé le faire avant, mais tant de choses nous en ont privé, et souvent trop de monde autour de nous, m'empêchait de te dire tout ce que je pensais …

Emilio avait pour une fois une vraie opportunité de dire à son fils, tout l'amour qu'il avait pour cette vie, lui dire aussi quelles étaient ses pensées profondes, comme il ne l'avait jamais pu faire avec son père, et ce manque l'avait marqué à jamais. Tous ces regrets l'avaient endurci, mais ils lui avaient aussi permis de rester calme face à la dureté de la vie. L'adversité il en avait fait une amie, il avait appris à la contourner, et malgré ces manques, ces absences, ses doutes, il avait trouvé une place au soleil du Sud, dans un univers qui lui appartenait pleinement.

— Oui Papa, c'est bien maintenant qu'on puisse se parler, je t'aime aussi tu sais ! ... et puis on va un peu se retrouver tous les deux en allant là-bas, j'y suis né et même si je n'y ai pas vécu, je sens que c'est aussi un peu chez moi, et grâce à toi, je vais moi aussi construire des souvenirs que je raconterai plus tard à Luciano !

Ils étaient assis l'un en face de l'autre, ils se regardaient comme ils ne l'avaient jamais fait avant, dans cette belle matinée claire, on percevait au loin les alpes avec un peu de neige, le train filait doucement vers sa destination, les arbres, les routes, les pylônes électriques passaient, le rythme des roues sur les rails engourdissait les esprits, mais tous les deux étaient dans une autre dimension, dans une sorte de communion instinctive où chacun dit à l'autre qu'il l'aime simplement avec son coeur et quelques mots.

— Tu vois Fausto ... la vie impose parfois des parcours que l'on ne croit plus possibles. Chacun cherche son chemin, trouve des voies qu'il croit justes, et se réveille dans de profondes blessures laissées par le temps. Ces blessures sont parfois superficielles, parfois leurs entailles sont si profondes que rien ne vient combler le vide qu'elles laissent à tous vents ...

Ainsi étaient-ils plongés dans leurs réflexions, cherchant encore ce qui pouvait les satisfaire, ce qui pourrait à un moment, juste un petit moment leur faire oublier tout ce qu'ils pensaient avoir manqué, omis ou même dissimulé.

Le fils regardait son père, puis regardait son propre fils, il voyait le temps fuir, les actions passer, les générations se suivre.

Il était décoiffé et se passait machinalement la main dans les cheveux, cherchant une hypothétique réponse à donner à son père.

Emilio contemplait le paysage qui passait, il avait un sourire pour son petit-fils sur lequel il posait un regard attentionné, il savait que toute sa vie était faite de ces doutes parfois balayés par les douceurs d'une belle saison, mais si vite remis en place dès que les temps maudits revenaient avec leurs vents, leurs pluies battantes et toutes ces incertitudes que le passé avait laissées béantes. Mais maintenant, il laissait le temps au temps, il retrouverait ses traces, il donnerait à son fils les clés pour une vie meilleure, une vie où on se comprend soi-même, où on affronte l'avenir sans tous ces doutes pernicieux.

Entre deux rayons de soleil, la glace du train devenait parfois sombre, elle lui renvoyait sa propre image en décalé, translucide sur le verre sale, il voyait son visage défiler sur le paysage, et laissait son esprit continuer ses questionnements, et se disait que la vie prend bien des détours parfois, elle parait si simple quand on est heureux, et que tout semble alors être d'une normalité absolument effrayante.

Il regardait le ciel qui venait de s'assombrir et soupirait à deux reprises. Il se sentait prisonnier de tout cet environnement, comme lorsque les heures sombres envahissaient son esprit. Non pas qu'il doutait de lui-même, mais il avait comme chacun de nous, des heures difficiles, parfois elles étaient plus grises que noires, parce qu'il n'y réfléchissait pas vraiment. Parfois, lorsque son cerveau essayait de comprendre, elles devenaient réellement noires, de la noirceur des profondeurs de la terre.

Ce voyage qu'il avait tant souhaité faire depuis toutes ces années, était en fait là, en train de se dérouler sous ses yeux, il l'accaparait, et au lieu de le réjouir, il lui posait mille questions.

Pourquoi son esprit n'acceptait-il pas simplement les faits, il était revenu dans son pays, non pour y habiter, mais seulement pour s'y retrouver un peu, refaire le lien avec son passé. Ce seul fait n'était-il pas suffisamment simple pour ne pas se poser tant de questions ?

C'est alors que surgissaient tant de souvenirs diffus, qui le surprenaient, au point qu'il n'osait pas commencer à y répondre.

Avait-il peur de se confronter à son passé ?

Subissait-il les assauts de questionnements restés sans aucune réponse depuis des décennies ?

Il n'osait plus vraiment se regarder dans ce reflet que la glace du wagon lui renvoyait. Il traversait cet espace et ce temps de la même façon que ses yeux percevaient ce personnage translucide sur cette vitre transparente.

Il regardait ailleurs d'un regard flou, les distances n'existaient pas alors, le paysage pouvait bien défiler, ce n'était pas important puisqu'il ne le reconnaissait pas.

Il était devenu pendant ce moment, un fantôme de lui-même. Des peurs insignifiantes et inutiles remontaient encore ... Pourtant sa vie dans les montagnes, proche de ses grands-parents, ne lui avait laissé apparemment que de bons souvenirs, il lui semblait encore aujourd'hui qu'il avait eu une vie heureuse, joyeuse même, une vie d'enfant choyé et aimé. Et puis cette nature, dans laquelle il avait un peu grandi l'avait protégé, bien qu'elle l'ait empêché de se confronter à la dureté du monde des villes. Dans cette campagne imaginée, il ne voyait que le calme, la sérénité, les conflits n'y avaient pas vraiment de place et tout au plus ils étaient réglés rapidement sans acrimonie, sans haine, comme cela pouvait au contraire, être le cas, maintenant.

Il savait aussi que c'était pour toutes ces raisons qu'il avait choisi de venir vivre dans un coin un peu reculé en Provence, à portée de main d'une petite ville si l'on peut dire, pour les besoins essentiels de sa vie courante, et évidemment dans un paysage un peu similaire à celui que sa mémoire lui avait laissé.

Le balancement du train et le bruit lancinant des roues en métal sur les rails, si réguliers et si obsédants n'étaient troublés que par l'ouverture des portes au fond du couloir, par le passage des gens dans l'allée, et leurs voix indistinctes mais trop fortes semblaient lointaines comme un écho dans ce monde trop rapide.

Il regardait son petit-fils, qui s'était endormi, il tenait une peluche contre sa joue droite appuyée sur le bord du siège, il n'était pas troublé par tout ce remue-ménage, par ces bruits sourds du wagon qui roule, ni par les échanges que les uns et les autres pouvaient avoir en criant parfois, de peur de ne pas se faire entendre dans cette masse inaudible de bruits.

Il était heureux de le regarder, il se voyait un peu en lui, il s'imaginait un voyage dans l'autre sens quand son père et lui étaient venus en Provence.

Puis Luciano s'était réveillé, calmement il regardait son grand-père et demandait quand s'arrêterait le train.

— Bientôt lui dit Fausto, on est bientôt arrivés, la voiture de location nous attend à la gare et après il nous restera juste une toute petite heure pour aller chez ton Papi …

À la descente du train, chacun reprenait en silence ses bagages, les formalités de location accomplies, ils s'entassaient tous les trois dans la petite Fiat et partaient joyeusement vers un territoire de découverte.

— Dis Papi, c'est loin ?

— Non Luciano, on est presque arrivés et on va bientôt aller au restaurant, ça te plaît de manger au restaurant ?

— Oui, oui, papi je veux manger des frites !

Un grand rire éclatait dans la voiture

Dans cette petite voiture bleu clair, que Fausto avait louée à la gare, il y avait trois êtres, tous de la même famille, trois hommes aux âges différents, vivant dans des pays éloignés, tous issus d'une même lignée, d'une même famille piémontaise, aux conditions de vie différentes, trois générations interdépendantes, qui voyageait dans l'inconnu avec un seul but, celui de reconstruire un peu de mémoire du passé de ce grand-père, si attachant. Ces journées de voyage allaient leur forger un destin commun, fait de surprises, de rires, de connivences, ils étaient heureux d'être ensemble.

— Dans une heure on sera arrivés … dit Emilio au petit, nous irons manger à l'auberge au bout du village, si elle existe encore !

Tout au long de la route, il regardait le paysage, ce paysage qu'il pensait pouvoir être le sien, il ne reconnaissait pas les lieux, sa mémoire lui faisait défaut, les bourgs traversés, les gens croisés, les clochers au loin, les collines qu'il avait imaginées et ces montagnes au loin, tout lui paraissait distant, un peu inexistant, comme s'il ne se sentait pas concerné, comme s'il était dans un simple voyage, il se sentait touriste.

— Je ne reconnais rien pour l'instant dit-il à son fils, je suis perdu comme si tout cela n'était pas ma vie …

— Regarde bien, à un moment tu te rappelleras certainement un détail, une porte, une maison, une forme de montagne ou quelque chose d'autre qui te fera reconnaître un lieu de ta jeunesse.

— Tu sais bien que ça fait loin maintenant cette jeunesse qui a foutu le camp, et puis moi aussi, en partant pour vivre près d'Aix-en-Provence, j'ai perdu mes repères.

— Garde confiance en toi, le passé est révolu, mais il laisse toujours des traces et long est ce chemin qui mène là où tu es né, ce qui est important et qui t'a marqué reviendra forcément.

Fausto avait un regard de compassion pour son père, il essayait de trouver les mots pour l'apaiser, mais il voyait qu'une grande incertitude restait encore, Emilio absorbé dans ses pensées continuait …

— Tu étais trop jeune quand nous sommes partis, et à cette époque tu ne savais pas que le monde pouvait être aussi vaste. Tu as découvert notre Provence et tu as vite oublié les détails d'ici ! dit Emilio, comme pour se rassurer un peu.

— Oui papa, il est vaste mais chacun y a sa route tracée, et la tienne a commencé par ici, on va retrouver ces moments de vie que tu as vécu ici, je te le promets …

Fausto sentait que son père partait un peu en dérive, il n'arrivait pas à s'accrocher aux branches de son passé, trop de temps s'était écoulé, et la vie de chaque jour avait effacé presque tous les souvenirs, comme lorsqu'on efface une mémoire d'un disque dur trop plein.

Il ne lui restait que l'essentiel auquel il était attaché et tous ces paysages traversés ne lui rappelaient rien, il avait l'impression de voyager dans une terre inconnue.

Retrouver ses souvenirs …

Ils avaient quitté Turin sans problème, s'étaient un peu perdus dans la ville, s'étaient fait klaxonner à plusieurs reprises, avant de trouver la bonne route vers les montagnes qu'ils devinaient au loin.

Volvera, Piscina, Pignerol, San Germano Chisone, tous ces villages qu'il traversaient lui rappelaient de vieux souvenirs, des noms qui chantaient encore dans sa tête.

Emilio n'avait pas perdu la musique de ces noms, ils évoquaient pour lui plus des sensations étranges que des souvenirs. Il retrouvait peu à peu des indices, des bruits, des mots de la langue paternelle. Il avait toujours aimé cette façon de communiquer, presque chantante, avec toujours les gestes qui accompagnaient la parole et rendaient cette langue si attrayante. Il y avait bien quelques expressions de Piémontais qu'il avait un peu retenues, mais l'italien était resté sa langue de base et sa mémoire retrouvait vite tous les réflexes pour comprendre.

Luciano, assis à l'arrière du véhicule regardait les paysages, de temps en temps il prenait la main de son Papi et lui posait une question enfantine.

Il ne comprenait pas encore tout le sens de ce voyage, mais il était content d'être avec son père et son grand-père.

— Dis Papi, pourquoi maman n'est pas avec nous ?

— Je t'expliquerai plus tard Luciano, c'est un beau cadeau qu'elle nous a fait, pour qu'on soit tous les trois ensembles. Et Papi va te montrer où il est né !

— C'est vrai, tu es né ici ?... répliquait l'enfant dans son innocence.

Emilio souriait, il aimait se laisser amadouer par les mots de son petit-fils, il lui répondait en essayant toujours de le faire avec des mots simples.

— Oui, il y a très longtemps maintenant, mon papa habitait ici, dans cette belle région.

— Comment s'appelle la ville où tu es né ?

— Oh ce n'est pas une ville, c'est un petit village près de la montagne, il s'appelle Perosa Argentina, on y arrive ... Tu vois les grandes montagnes au loin, ce sont les Alpes, c'est de l'autre côté où j'habite maintenant.

Il se rappelait alors qu'il avait fait ce voyage inverse avec sa petite famille d'alors, avant qu'ils ne se séparent. Ils n'avaient pas pris la même route et étaient passés par les cols et les routes étroites pour aller au plus court, comme des contrebandiers.

Il se souvenait de cette vieille voiture aux couleurs défraîchies qui fumait et faisait beaucoup de bruit.

Puis revenant à des préoccupations plus terre à terre, il repensait aussi à sa maison sur le Cengle qu'il avait laissée à Jenna, et qu'il appellerait ce soir afin de savoir si tout allait bien ...

— Ta maman est l'autre côté de la montagne ... et je crois qu'elle doit arroser les dernières salades que j'ai plantées la semaine dernière.

— Ah !... répondit le petit, sans trop comprendre.

La fin de matinée était proche, ils avaient tous un peu faim, le petit déjeuner avalé trop vite était déjà loin, et Luciano laissait entendre des gargouillis dans son petit ventre. Il en riait et disait ...

— Papa, j'ai faim ... on va manger avant d'aller voir la maison de Papi ?

— Oui, lui répondit son père, après on ira là où il est né, et tu verras l'endroit où il a fait toutes ses bêtises quand il avait ton âge !

Il riait de bon coeur, se moquant gentiment de son père, qui à son tour souriait ...

— Ton père a raison tu verras où je suis né, et où j'ai appris beaucoup de choses avant de partir en Provence, grâce à mes parents, mais aussi mes grands-parents qui vivaient ici, aussi avant eux.

Ils mangèrent rapidement dans un vieux bistrot-restaurant qu'Emilio reconnaissait à peine, il savait qu'il avait été là, et y avait mangé avec ses parents une seule fois lors de sa communion. Maintenant il ne reconnaissait ni l'agencement, ni la décoration, et le patron n'était plus celui qu'il avait dans sa mémoire.

Il n'y prêtait d'ailleurs pas beaucoup attention, son regard était plutôt attiré par le paysage dehors qu'il voyait depuis cette baie que leur table jouxtait. Sa main droite frottait doucement la nappe à carreaux et il mangeait comme un oiseau, avec peu d'appétit.

— Mange Papi, lui dit Luciano, tu dois prendre des forces, papa m'a dit qu'on allait marcher un peu cet après-midi.

— Oui, mais tu sais je n'ai pas très faim aujourd'hui ...

Il n'en disait pas plus, le simple fait de savoir qu'il allait retrouver tout un flot de souvenirs rien qu'en reconnaissant sa maison d'enfance, des objets qui y seraient restés, des endroits qu'il avait aimés, lui avait chamboulé l'estomac, comme si le trac l'avait atteint.

Non, il n'était pas inquiet, seulement bouleversé d'en être arrivé enfin là, quand ses rêves les plus fous n'arrivaient plus à lui laisser de place aux vrais souvenirs.

Il savait qu'il serait surpris, le temps joue des tours incroyables et efface tout sur son passage, un peu comme ce vilain mistral en Provence qui soulève des nuées de poussières et les laisse retomber plus loin, effaçant les marques de pas sur la terre.

Ils finirent tranquillement ce premier repas, Fausto s'était levé et prenait son père par les épaules puis se penchait à son oreille pour lui dire ...

— Viens papa, c'est notre jour aujourd'hui, tu vas retrouver un peu de ton enfance ici, tu vas retrouver ce que tu as quitté depuis si longtemps, ne t'inquiète pas pour tout ça, ce ne sera que du bonheur que nous partagerons avec Luciano !...

— Merci fiston, lui répondit Emilio, se levant à son tour.

Il avait ce sourire des jours heureux, et prenant aussi la main de son petit-fils, ils sortirent tous les trois du restaurant pour se diriger vers la voiture, après avoir demandé au patron quelle direction ils devaient prendre pour monter tout au bout, Via Dante Alighieri.

Ils traversèrent lentement tout le village, évitant la grande route principale, se faufilèrent dans les ruelles qui grimpent pour arriver enfin à destination.

Il y avait encore un bout de chemin caillouteux à prendre avant de voir la maison juchée à flanc du coteau, derrière le bosquet de chênes.

Fausto ralentissait en arrivant au bout de l'impasse, un petit chemin continuait et grimpait en haut de la colline. Il s'arrêtait au bout de la route goudronnée, se garait lentement tout en regardant le paysage.

— Tu es sûr que c'est bien là Papa, lui dit-il inquiet, il n'y a rien ici...

— Oui, c'est bien là, je vois la barrière en haut et le gros rocher !

Lentement Emilio sortait de la voiture, il se tournait et se retournait plusieurs fois sur place comme pour voir le paysage à trois cent soixante degrés, il essayait de sentir l'air en respirant profondément, tout en fermant les yeux.

Il avait pris sa canne, celle qui l'accompagnait depuis toujours avec une tête d'oiseau sculptée, il ne voulait pas risquer de tomber sur le chemin.

— Je me souviens dit-il enfin, ce chemin n'a pas changé, et je sais que la maison est cachée juste derrière les arbres, viens Luciano !

Une centaine de mètres plus haut, ils arrivèrent tous les trois en même temps sur un petit emplacement qui faisait un virage et Luciano criait …

— C'est là Papi, c'est là, je vois ta maison, viens vite …

Avant de suivre son petit-fils, Emilio avait serré le bras de son fils pour marcher plus facilement, il avait une larme qui coulait sur sa joue droite et le regard embué, porté sur les lointains il dit :

— Tu as vu comme c'est beau ici, je me souviens maintenant de toutes ces collines, quand je suis parti elles étaient toutes vertes, c'était une belle journée de printemps. Aujourd'hui, elles ont pris des couleurs de fêtes, les couleurs de l'automne, comme pour m'accueillir. Tu ne peux pas savoir combien je suis enfin heureux de revoir tout cela.

— Dis-moi papa, quel est ce sommet, tout au loin sur la gauche ?

Fausto lui posait cette question, une boule dans la gorge, il ne voulait pas céder à la tentation de pleurer devant cette trop grande émotion qui les envahissait tous les deux.

— Là-bas ? C'est le Monte Viso qu'on voit en silhouette pointue dans la brume, il est célèbre parce que c'est un des plus hauts sommets du côté italien, et à son pied c'est là que naît le Pô. Tu vois comme c'est beau ici, répétait-il, j'en suis encore tout retourné …

Il n'arrêtait pas de penser à cette réelle beauté des collines, et de ces montagnes si hautes, si fières. Elles avaient bercé son enfance, elles lui avaient permis de connaître une nature riante, généreuse, dans laquelle sa famille avait ses racines.

— Fausto, merci … merci encore pour ce voyage, tu m'as fait retrouver ma vraie terre d'origine !

— Aller on avance maintenant, Luciano est parti devant, il court vite maintenant !

Ils avaient dépassé le bosquet d'arbres et en direction du Nord une petite maison au toit de tuiles ocres se détachait d'un groupe de masures situées deux cents mètres plus bas.

Près de la barrière en bois de la maison, le petit garçon la regardait, et il ne comprenait pas pourquoi elle était fermée.

Emilio s'était arrêté, il était un peu dépité de voir cette maison abandonnée depuis quelques années sans doute.

— Quand mes parents ont vécu ici, je me rappelle que tout le hameau en bas était occupé par des éleveurs de moutons. Il y avait une grande bergerie où on allait chercher notre lait de brebis et les petits fromages de chèvres aussi. C'était vivant, on allait souvent voir les moutons, les gens étaient pauvres et papa leur apportait des légumes de son jardin. Maintenant tous sont partis ailleurs, personne ne s'occupe plus de la maison, et même si mes parents l'ont vendue, elle n'est plus entretenue, tu as vu les volets ! ... ils ne sont plus repeints depuis longtemps, c'est dommage.

Il avait pris un air dépité, déçu, il ne retrouvait pas exactement ce qu'il avait quitté, même si tout était resté en place.

Il s'était arrêté quelques instants, sortait un mouchoir de sa poche, il sentait tout le poids de ces années enfuies, celles qui avaient fait son enfance radieuse, le regard un peu vide, il essuyait machinalement son nez, s'appuyait sur sa canne, regardait au loin, regardait à ses pieds. Rien n'avait fondamentalement changé, mais il n'y sentait plus cette vie qu'il y avait connue.

— Tu te souviens de tout maintenant ?

— Oui, mais je croyais que c'était plus grand que ça dans mon souvenir ... J'ai mal au coeur en la voyant comme ça, abandonnée, alors que j'y ai eu tant de moments de joie.

Une larme, toute petite, toute fine et brillante coulait sur sa joue droite, il n'avait pas réussi à la retenir.

Entre joie et doutes, Fausto n'arrivait toujours pas à saisir combien son père avait pu être heureux ici. Il l'avait accompagné pour le voir retrouver du bonheur, pas de la tristesse.

Emilio tenait le bras de son fils très serré contre lui, comme s'il allait tomber. Sa main droite tremblait un peu, son bras raide s'accrochait à son fils comme on s'accroche désespérément à toute cette vie qui s'enfuit si vite.

En se remémorant tous ces instants de vie passée, il revoyait les fantômes des siens au milieu de cette petite cour, il sentait alors l'odeur de la cuisine que sa mère préparait chaque jour avec les légumes du jardin que son père entretenait avec beaucoup d'attention comme un trésor. Et il savait aussi maintenant pourquoi il aimait tant jardiner, et même si ce n'était pas pour survivre comme eux, il y prenait un plaisir immense, comme un héritage de ce passé laborieux et de tout ce que son père lui avait montré.

Voyant son fils malheureux Emilio s'empressait de le rassurer ...

— Cette émotion ne doit pas t'inquiéter Fausto, je suis heureux de voir tout ceci, mais c'est trop fort encore, et il y a si longtemps que je voulais le revoir, que je ne peux contenir mes larmes, c'est un bonheur trop intense !

La lumière de cet automne était belle, divinement belle aurait dit Emilio dans ses meilleurs jours. Il regardait vers le petit chemin qui monte pour sortir du terrain en pente, et revoyait ces lueurs extraordinaires qui flirtent avec les montagnes lorsque le soleil s'abaisse doucement pour saluer la terre avant de laisser place à la nuit.

Un léger vent, très léger, pas comme ce maudit mistral qu'il connaissait bien, poussait un peu de poussière vers le ciel, les rayons du soleil de cette soirée douce s'en trouvaient filtrés et prenaient eux aussi des teintes orangées, comme pour imiter tous les tons des feuillages roux de l'automne qui couvraient toutes les cimes des forêts alentours.

— Je me souviens que mon père se promenait tous les jours sur le chemin, il montait juste là-haut pour regarder le soleil se coucher sur les montagnes, et il revenait vite, avant que la nuit s'installe, puis il me racontait les couleurs et les nuages. Je me souviens aussi quand il me disait qu'il entendait le vent lui parler, et qu'il rêvait des pays d'où toutes ces odeurs venaient. Il imaginait reconnaître des contrées, des gens et des endroits selon les vents, selon leurs températures et aussi leur force, et il m'inventait des histoires qui me faisaient rêver. Tu sais on n'avait pas de télévision à cette époque ! ... et ses voisins, ses amis ou ses proches qui avaient voyagé, lui racontaient, lui décrivaient d'autres univers, et il s'en servait pour inventer d'autres mondes qu'il n'irait jamais voir, mais il me les offrait chaque fois comme de petits cadeaux, pleins de fantaisie. J'aurais aimé que tu le connaisses un peu, c'était un homme d'une grande richesse intérieure, timide peut-être, réservé sûrement. Il ne s'étendait jamais sur sa propre vie mais il écoutait tout le monde.

Ils avaient franchi la barrière de bois affaissée par le poids des ans et vermoulue, le petit courait devant. Arrivé devant la porte d'entrée, Emilio regardait son passé défiler devant cette porte fermée.

Il regardait par les interstices des volets bloqués, à peine entrouverts pour voir ce qu'il restait à l'intérieur.

— Laisse papa ! ... lui disait Fausto, la vie d'ici n'est plus, les derniers habitants sont partis, ça devait être trop difficile de vivre ici, ils n'ont plus voulu entretenir cette maison. Ils devaient s'y sentir bien seuls, loin des villages plus confortables, ils n'avaient peut-être pas de raison de vivre ici comme mes grands-parents.

— Tu vois, dit Emilio le coeur gros ... j'ai vécu finalement peu de temps ici, j'étais encore jeune quand nous sommes partis, mais les souvenirs sont bien là. J'ai tellement aimé cette vie simple, j'ai tellement cru que mes parents et grands-parents étaient heureux ici. Maintenant je vois bien que la vie devait être difficile, la simplicité c'est bien, mais quand tu as besoin des autres, que tu te sens perdu, tu te retrouves si seul que c'en est parfois insupportable.

Emilio avait balayé toutes ses idées qu'il se faisait de cette petite maison, en regardant dedans, il avait vu partir des vies entières, à l'image de ces portes et fenêtres closes, et de ce toit qui perdait maintenant quelques tuiles.

Cette nostalgie qu'il avait depuis toujours s'effaçait devant la dure réalité de la vie, et il comprenait pourquoi il avait finalement fui, lui aussi, ce quasi désert où seul un ermite pourrait encore vivre.

Fermant les yeux, il s'était appuyé les épaules au mur, puis se retournait devant ce pas de porte qu'il avait si souvent franchi dans son enfance, comme s'il était retourné dans le passé et qu'il jouait devant cette petite masure.

Il ouvrait les yeux, et tout le paysage qu'il avait gardé en mémoire, lui sautait tout à coup à la figure, il se trouvait là devant lui, exactement comme il se le rappelait.

Il voyait au loin les Alpes grandioses avec le Monte Viso qui se profilait à gauche, et toute la chaîne avec quelques neiges éternelles, qui barrait l'horizon au loin. Plus près il reconnaissait les collines vertes que sa mémoire avait figées dans des images d'une beauté sauvage comme seules les peintres, les photographes, les rêveurs et fabricants d'images de tout poil, savent garder dans leurs esprits toujours en quête du beau.

Son regard balayait tout l'environnement de cette maison, scrutant chaque détail, repérant chaque point de vue qu'il savait exister.

Pointant du doigt le bas de la colline qui descendait doucement vers le ruisseau il dit :

— C'est là, je me rappelle, c'est là que je suis tombé une fois et que mon père m'a relevé pour nettoyer toute la boue que j'avais sur moi, ce fameux jour où on avait été ramasser des champignons, mais ça je te l'ai déjà raconté ...

— Oui je me souviens papa ... tu m'as fait bien rire et j'ai bien aimé ton souvenir, je suis content de voir exactement où c'était. En tous cas, tes collines sont plus belles que je ne le pensais, et je sais maintenant pourquoi tu m'en parles tant, avec tellement d'ardeur !

Fausto se tenait juste à côté de son père, ensemble ils photographiaient visuellement cet extraordinaire paysage de montagnes lointaines, mais aussi de cette prairie en pente dans laquelle Emilio avait sûrement posé ses premiers pas, et dans laquelle il avait dû se rouler si souvent, dans l'herbe grasse.

Prenant son père par le bras, ils faisaient ensemble le tour de la maisonnette, elle leur paraissait maintenant si petite qu'ils s'en étonnaient tous les deux.

— Tu te rends compte, disais doucement Fausto, j'ai un peu vécu ici, jamais je n'aurais imaginé qu'on pouvait vivre dans si peu d'espace, le confort devait être spartiate je suppose.

— Mes parents n'avaient rien, ou presque rien, répondit Emilio. Quand ils sont arrivés ici, ils avaient mis toutes leurs économies et leurs forces pour arranger ce petit bout de terrain, ils y étaient bien je pense, l'époque était dure, et je ne les ai jamais entendu se plaindre. Dans mes souvenirs je n'ai que quelques images déformées certainement, mais je me souviens d'eux comme des gens simples et contents d'avoir fait un petit bout de vie ici. Oh parfois ... il y avait bien des coups de tabac quand mon père disait qu'il n'était pas heureux ici, que c'était trop petit pour deux familles. Et je me rappelle une fois qu'il avait hurlé sa colère en disant qu'il n'y avait pas de solution pour l'avenir et pour le petit - il parlait de toi - que l'école était trop loin et qu'il n'y avait aucun moyen d'y aller facilement. C'est ce jour-là qu'il a suggéré qu'il n'y avait plus assez de place pour nous ici. Peut-être avait-il déjà semé dans mon esprit cette décision de partir ailleurs pour trouver une vie plus clémente. C'était aussi l'époque de la mésentente avec ta maman, il n'y avait plus de travail pour elle comme pour moi, nous survivions et c'était si difficile ...

— Comme je le comprends, moi-même je ne serai jamais resté ici, tu sais papa, il ne faut pas regretter ! ... Tes parents ont bien fait de te laisser partir, et tu vois grâce à tous ces événements, aujourd'hui nous avons tous trouvé nos places dans ce monde, même si nous nous sommes éloignés les uns des autres.

— Je sais fils, maintenant il nous faut penser au petit Luciano, nous devons lui construire une vie moins dure que la nôtre si possible !

Emilio regardait son fils avec beaucoup de tendresse, il pensait à ce départ organisé à l'insu de ses parents. Il voyait encore ce dernier jour, qu'il trouvait encore triste, lorsque Fausto avait serré ses grands-parents pour la dernière fois dans ses petits bras. Il entendait encore son fils lui dire qu'il se souvenait de l'odeur des cheveux de celle qu'il appelait "Ma mamie à moi", cette chevelure presque grise qui entourait un visage sombre, mais qui lui souriait si souvent. Il pensait souvent à cette dernière fois, une vraie dernière fois, car plus jamais il ne revit ses parents après cet épisode de séparation.

Maintenant il comprenait plus facilement pourquoi Fausto était parti à son tour, il lui pardonnait tous ces désagréments, il acceptait la solitude qu'il lui avait infligée, et toutes ces craintes existentielles qui en étaient nées, et il lui pardonnait d'autant plus facilement qu'il était maintenant à nouveau proche de lui.

Il ne se sentait plus seul au monde ...

— Viens Fausto, et appelle Luciano, on va faire un dernier tour de cette maison, je ne la reverrai plus jamais, maintenant je sais qu'elle n'a plus réellement d'existence, je préfère partir. Mes souvenirs sont beaux, un peu de ma vie est restée ici, et je n'ai pu emmener que des moments de bonheur, c'est le principal ... Mes parents avaient raison quand nous sommes partis d'ici, ils m'ont dit que la vie était belle, là où on voulait bien se la faire belle, et ils nous ont souhaité tout plein de bonheur.

Ils ne savaient pas que pour ta mère et moi, ce serait le dernier voyage commun. Je me souviens de leurs bras dressés au ciel pour nous dire au revoir quand nous avons passé le haut de ce chemin, ils les agitaient désespérément, et moi non plus, je ne savais pas que jamais je ne les retrouverai. Cette dernière image me fait encore mal parfois, ils étaient mes parents, ils étaient pauvres, et ils s'accrochaient à leur lopin de terre si chèrement acquis. Nous sommes partis, nous nous sommes retournés une dernière fois et sans le savoir tu leur a envoyé un dernier baiser, tu avais cinq ans !

Emilio avait mentalement achevé son retour au pays natal, il se baissait doucement, ramassait une poignée de cette terre noire qui bordait le parterre d'iris jaunes qu'il avait mis en culture avec son père, il se rappelait encore qu'il épluchait les rhizomes pour les passer à son père qui les enfouissaient en lui disant qu'un jour ils seraient très beaux, et que c'était pour le plaisir des yeux de sa mère qui les aimait tant.

Il avait vécu plein de petits bonheurs aussi simples que celui-là, et il reproduisait dans son propre jardin de Provence, les mêmes gestes appris ici. Il donnait un peu de cette poignée à son fils et lui dit :

— C'est ma terre, mon pays, je t'en donne un peu simplement pour que tu te rappelles que toi aussi tu es né ici. Touche la une dernière fois, elle marquera ton coeur pour toujours ! ...

Fausto fermait le poing sur ce bout de terre, il en sentait la magie monter dans son bras, il en sentait le pouvoir rien qu'en la triturant.

En même temps que son cerveau se laissait inonder par toutes ces sensations, il arrivait à percevoir le poids de cet héritage que son père lui léguait maintenant.

— Luciano, viens vite me voir, dit Fausto, je vais te donner quelque chose, viens vite !

Il se mettait accroupi, entourait son fils de son bras gauche et lui passait un peu de cette terre que son père lui avait donné. Ce n'était qu'un tout petit héritage qu'il lui mettait dans la main à ce moment, mais il lui dit ...

— Tu te rappelleras un jour de l'odeur et de la finesse de cette terre, c'est là que je suis né ! Mets-la près de ton nez pour te rappeler son parfum !

— Mais ce n'est que de la terre Papa !

Le message n'était à l'évidence pas pour son petit, qui n'avait pas tout à fait l'âge de comprendre tout cela, mais il continuait ainsi cette histoire que son père avait initiée.

Il se levait doucement, laissait Luciano partir jouer un peu plus loin, puis laissait filer la terre entre ses doigts en une fine poussière qui allait rejoindre ce sol qu'il allait bientôt quitter. Se rapprochant de son père, il le serrait dans ses bras avec un grand soupir …

— Je t'aime Papa ! Je t'aime même si je n'avais jamais osé te le dire comme ça. Ce voyage sera pour nous trois comme un fil conducteur, je me souviendrais toujours de tout, et nous serons plus unis que jamais autour de ce lieu plein d'émotion. Il n'est rien pour ceux qui ne le connaissent pas, mais il devient tout pour nous, et je le dirai plus tard à mon fils pour qu'il se rappelle aussi qu'il est venu ici avec toi et moi.

— C'est bien fils, dit Emilio, je suis en paix maintenant plus que jamais, tu as réussi à nous réunir, tu as redonné vie à nos souvenirs, tu as continué notre chemin, et je suis heureux que tu en aies fait un bout avec moi. Maintenant cette maison et ce bout de terrain ne sont plus rien, que du matériel qui ne nous appartient plus, mais tous nos souvenirs sont ici, et gardent toutes leurs forces. Par contre cette terre, ces collines, ce ciel, ces forêts et ces montagnes resteront toujours au fond de mon coeur, et je pense aussi avec toi.

— Oui papa, lui dit Fausto avec de l'émotion contenue dans sa voie, c'est sûrement la dernière fois que nous venons ici, pour toi, comme pour moi, c'était important, nous nous sommes reconstruits, nous avons retrouvé nos racines et notre vie en sera plus belle. Je pourrais le rappeler souvent à Luciano et il finira par comprendre un jour pourquoi nous avons fait cela, il pourra vivre la même chose avec ta maison en Provence, c'est une belle histoire …

— Bon on ne va pas pleurer à chaque fois, c'est du passé maintenant ! Et si on faisait une jolie photo tous les trois, là-haut devant le grand paysage, près du gros caillou !

La dernière photo ...

Le petit-fils avait devancé son père et son grand-père et se tenait debout sur le gros rocher, du calcaire gris avec de grandes veines blanches, comme du marbre. Luciano se tenait debout dessus, il l'avait grimpé rapidement afin d'être le premier ...

— Regarde papa, j'ai réussi à monter sur la montagne ! dit-il, fier de son exploit.

Fausto le regardait et se rappelait, que lui aussi quand il avait le même âge, avait fait la même chose, il montait dessus pour voir au loin, tout en bas de la colline. C'est là qu'il attendait son grand-père quand il ramenait les moutons avec ses voisins du petit bourg.

— Regarde papa, dit Fausto, ton petit-fils est en train de conquérir le monde, il ouvre les bras comme si le paysage lui appartenait. C'est un grand souvenir qui me reste, je faisais pareil pour t'attendre. Quand tu étais avec grand-père et que tu revenais de chercher les champignons, vous passiez toujours par le petit chemin qui contourne le gros chêne en bas, au bord de la haie, et je finissais toujours par courir à toute vitesse vers vous deux ! J'adorais cette impression de vitesse en descendant la colline, je sentais que j'allais m'envoler !

— Oui, je me souviens aussi et je me disais à chaque fois que tu allais tomber, et tu courais déjà très vite, tu criais et riais très fort ! J'ai toujours gardé ces moments dans ma mémoire, même si on n'en a jamais parlé depuis, j'avais la certitude que tu avais passé une petite enfance heureuse même si nous n'avions pas tout ce que les autres enfants avaient à l'époque. Tu n'avais que cette nature pour jouer.

— Aujourd'hui, il ne me reste pas grand-chose, mais de toute évidence j'ai gardé le plaisir des grands espaces, des beaux ciels, de fouler les prairies. Tu sais au Montana, j'ai tout cela, c'est pour ça que je suis resté là-bas, quand j'ai rencontré Jenna, j'ai compris qu'elle avait elle aussi les mêmes envies d'espaces, et nous avons choisi de vivre en grande campagne, dans un petit bourg près de Missoula, c'était commode pour mes études. Il y a là-bas une belle université et la nature y est encore plus grande qu'ici. Les montagnes, les lacs, les rivières, tout est plus grand qu'ici, je pense que tu aurais aimé toi aussi.

— Je l'ai bien compris quand tu es parti, j'ai eu du mal à me retrouver seul sur mon plateau provençal, mais je ne pouvais pas briser tes rêves et puis tu as réussi, j'en suis tellement fier aujourd'hui …

Ils avançaient tous les deux au bras l'un de l'autre maintenant, ils regardaient le dernier de la lignée qui commençait à vouloir conquérir le monde, et ils savaient qu'ils allaient être toujours là pour l'aider à passer toutes les difficultés.

Chacun dans sa tête imaginait un bel avenir pour ce petit garçon radieux, qui criait en haut de ce rocher, les cheveux ébouriffés par le vent, il appelait son père et son grand-père, et ces appels étaient comme un retour en arrière pour Emilio.

Gravissant la petite pente au retour, il s'arrêtait souvent, faisant semblant de fatiguer, mais en fait, il prenait le temps d'installer dans sa mémoire chaque seconde, il savait trop qu'elles seraient les dernières qui le marqueraient pour toujours puisqu'il ne reviendrait jamais ici.

Il le savait tant, qu'il n'arrivait plus toujours à lutter contre ce flot important d'émotions qui montaient par vagues en lui. Les souvenirs jaillissaient dans son cerveau en même temps qu'il voyait grimper son petit-fils sur son rocher préféré, alors son regard semblait se perdre dans ce passé qu'il avait contenu si longtemps, il regardait chaque caillou, chaque détail de cette maison qu'il abandonnait pour toujours.

Ce changement des temps, ces départs précipités, ces abandons de vie, l'avaient usé. Il ne regardait maintenant ce passé qu'en épisodes heureux, il inventait autour de ce qu'il avait vécu, des morceaux de bonheur, et le reste commençait à s'effacer doucement. L'oubli devenait pour lui comme une thérapie existentielle, oublier les mauvais moments, les pleurs et gémissements le gardait serein devant un avenir dont il ne voulait pas voir la fin.

Il était parti d'ici depuis si longtemps que tout avait changé, et ses repères de l'enfance n'étaient plus ceux dont il avait besoin aujourd'hui.

Il regardait son fils et son petit-fils se mettre en place d'abord, puis il prenait le petit appareil photo de Fausto et appuyait fébrilement sur le déclencheur pour capter des instants, pour gagner encore de ce temps qui lui échappait, il le faisait tout en englobant ce magnifique paysage, l'image d'une enfance révolue.

La lumière venait de l'ouest un peu sur sa droite, les visages des deux êtres auxquels il tenait le plus étaient radieux, et souriants dans ce dernier couché de soleil.

Il était déjà tard et la journée s'achevait déjà …

— Fausto à ton tour maintenant, prends-moi aussi en photo avec Luciano, et après tu demanderas à ton fils de nous photographier tous les deux. Il devrait y arriver si tu lui demandes de faire comme il faut !

Dans sa voix pesait toute cette histoire qu'il avait gardée dans sa boite en fer depuis trop longtemps.

Maintenant qu'il était là, il se posait la question du pourquoi. Toute cette vie passée loin des siens, tous ces petits moments perdus et seulement des souvenirs pour se rattraper à une existence lointaine.

Emilio prenait son mouchoir dans sa poche droite du pantalon, le dépliait et essuyait ses lunettes, puis ses yeux.

Fausto avait remarqué ces gestes précis, il y voyait lui aussi la fin d'une longue histoire, et se disait qu'heureusement il y avait quelques photos pour immortaliser ce voyage si important, et il pensait déjà à tout ce qu'il allait dire à Luciano pour que sa photo soit réussie, les nouvelles techniques numériques lui permettraient de vérifier instantanément ce qu'il y avait dans la mémoire de l'appareil, et il se sentait un peu plus rassuré alors.

— Viens près de moi mon petit-fils, on va faire une jolie photo de nous deux pour que tu te rappelles des montagnes, et de ce beau pays où ton papa est né … aller viens vite ! Tu auras le plus beau souvenir de la terre, avec ton Papi dans les collines du Piémont.

Luciano s'était assis sur le rocher et tenait son grand-père par le bras, il souriait, puis riait très fort de cette situation dont il n'avait pas l'habitude. Emilio le regardait de ce regard plein d'amour qu'il savait donner, il posait sa joue contre la tête de son petit-fils, et Fausto saisit instantanément ce regard si important, plein de connivence et de joie intérieure.

Il connaissait si bien son père, qu'il avait toujours gardé en lui ces regards affectueux, et il les retrouvait là, dans cette photo.

— Ça y est Papa, je crois que j'ai une photo qui va te plaire !

Fausto lui montrait l'écran de son appareil, Emilio souriait.

— Aller, à ton tour maintenant Luciano, tu vas faire attention à rester bien droit avec l'appareil et tu vas nous prendre au même endroit.

Le petit garçon s'était éloigné de quelques mètres, prenait un air très sérieux et appliqué, visait et prenait une, deux, puis trois photos les unes derrière les autres.

— Ça y est papa, c'est fait ! Est-ce que c'est bien ?

Les deux premières images n'étaient pas très bien cadrées, et la troisième légèrement de travers, mais il y avait dedans l'essentiel de ce qu'on peut demander à un souvenir, et Emilio comme Fausto riaient en félicitant le petit. Ils se reconnaissaient bien tous les deux dans cette proximité qui leur était chère, et cette simple photo avec un peu de soleil sur le côté mettait l'accent sur le bonheur qu'ils avaient eu tous les deux à se tenir sur ce rocher, juste avant de repartir.

La journée si importante prenait fin. La lumière de soirée commençait à descendre, l'atmosphère devenue fraîche recouvrait maintenant tout le bas des collines, et s'installait sur les versants au Nord, les fantômes de la nuit rattrapaient vite la vie et engloutissaient les souvenirs.

Dans les lointains vers le Sud, le Monte Viso émergeait encore dans le ciel au-delà de la ligne d'horizon, au-dessus des brouillards montants gris clair.

Le regard fixe sur les sommets des Alpes, Emilio se retournait alors lentement, regardait en arrière une dernière fois, cette petite maison qui l'avait vu naître.

Il avait suffisamment prolongé ce supplice de l'attente, il ne voulait garder pour lui que le plus beau de ce qu'il avait retrouvé ici, maintenant il fallait repartir vers sa vie normale. Il fermait les yeux doucement pour la dernière fois, il avait tout enregistré et dit à son fils :

— C'est fini, on repart, la nuit va arriver trop vite ! Il faut rentrer et puis je connais un petit garçon qui a besoin de parler à sa maman !

Le retour au village de Perosa Argentina se fit en silence, cette grande bouffée d'oxygène mêlée aux souvenirs intenses avait fatigué tout le monde. Luciano s'était assoupi sur la banquette arrière, Fausto conduisait lentement, prenant chaque virage avec soin, il n'y avait plus de hâte à rentrer désormais, ils avaient fait ce pourquoi ils étaient venus.

Emilio restait plongé dans son mutisme, il ne semblait pas affecté par ce retour à sa vie de tous les jours, il avait croisé ses mains sur ses genoux, il regardait par la portière ce paysage qui défilait lentement, et cherchait seulement à se rappeler ce qui restait de ce qu'il venait de quitter.

De ses souvenirs, il ne parlait plus, il avait besoin de digérer toute cette journée et remettre ses idées en place.

Ils arrivèrent au centre du village, se promenèrent une dernière fois dans la rue principale, mais ils ne connaissaient personne à qui s'adresser. Ils rentrèrent lentement à l'hôtel du centre et Emilio rappelait à Luciano et Fausto qu'ils devaient appeler Jenna.

— Tu me diras quand tu appelleras en Provence dit Emilio, je voudrais seulement me rassurer auprès de Jenna que tout va bien !
— Ne t'inquiète pas Papa répondit Fausto !
Je te passerai Maman ! dit à son tour Luciano.
Emilio montait à sa chambre, posait sa canne le long du fauteuil en cuir usé et s'assoupit …

Le retour vers la Provence …

Après une dernière soirée à l'hôtel, ils s'étaient tous les trois endormis après un bon repas fait de pâtes et de saucisse italienne. Emilio avait fait remarquer à son fils les goûts qu'il retrouvait dans la nourriture d'ici, des goûts de produits de terroir, des goûts de sa montagne.
Ils parlaient sans discontinuer, se remémorant cette belle journée, pendant que le petit Luciano mangeait et jouait en même temps à faire des nœuds avec sa serviette en tissu.
Ils avaient appelé Jenna, à l'heure convenue avant leur départ, et ils avaient pris le temps de se rassurer que tout allait bien sur le Cengle.
Fausto lui avait dit qu'il lui raconterait tout en détail lors de leur retour et que c'était une très belle journée.
Luciano avait bavardé avec sa maman lui racontant un peu de ce qu'il avait vu, même s'il l'avait fait en désordre total, ce qui avait bien fait rire son grand-père.
Puis le soir tombant de derrière les collines, le village de Perosa Argentina rentrait dans son silence nocturne, la vie se cachait au fond des maisons derrière les volets clos.
Ils finirent leur repas tranquillement, repus de cette journée bien remplie. Chacun regardait son assiette vide, sauf Luciano qui continuait alors à gambader entre les tables vides …

— Je ne regrette plus rien maintenant ! dit Emilio, le cours de la vie m'a mené là où je devais être, sous de meilleurs cieux. Ce que j'ai vu aujourd'hui m'a rassuré, nous avons bien fait de quitter cette région …

— Oui, changer nous a permis de voir d'autres terres, de vivre autrement, d'avoir d'autres espoirs et d'espérer … répondit Fausto.

— Ça n'a pas été facile de partir, nous allions un peu dans l'inconnu à cette époque, mais ici il n'y avait plus de place pour nous ! Mais ce qui a été le plus difficile pour moi, c'était de savoir à cette époque que je ne pourrais plus y revenir, et mes parents sont restés là, je n'ai pas pu les aider, et je ne sais même pas comment ils ont fini vraiment leur vie. Les dernières nouvelles que j'ai eues, m'ont été données par un ancien du village qui avait appris que j'étais en Provence. Il y avait aussi de la famille du côté de Fuveau et ils vinrent me dire que mes parents étaient décédés très peu de temps l'un après l'autre, sans autre formalité.

— Tu as eu raison Papa, à l'époque, tu avais fait le bon choix, et la vie change tellement vite qu'il n'est pas utile de savoir ce que nous serions devenus ici. Aujourd'hui avec toi, je vois la vie qui nous attend, je pense au petit, je sais aussi que tu te portes bien, et que la Provence t'a gardé dans ses bras comme un enfant du pays. Moi aussi je m'y sens bien, c'est aussi ma terre là où tu vis et j'en parle souvent avec Jenna, et aussi mes amis qui aimeraient visiter un peu de ma Provence.

— Tu aurais peut-être pu faire ta vie près de moi fils …

— Le destin m'a changé, il m'a pris en charge pour que je fasse de belles études grâce à toi et à ton courage, mais il m'a donné aussi une très belle opportunité en m'envoyant finir mes études supérieures à l'étranger, avec cette bourse qui tombait à point.

À l'époque tu n'aurais pas pu m'aider à aller aussi loin, et je suis fier de tout ce que tu m'as donné, surtout avec cette possibilité d'aller ailleurs. Le monde d'aujourd'hui est différent et tant mieux, comme ça, nous avons les moyens d'envoyer Luciano dans les meilleures écoles ...

Cette discussion à bâtons rompus, Emilio l'avait souhaitée depuis si longtemps, elle était devenue nécessaire, chaque chose devait être à sa place dans sa vie, et ce vide qui avait déjà duré trop longtemps, venait de se remplir.

Sa petite famille enfin au complet avait pris toute sa place dans sa vie maintenant, il était satisfait de tout ce qu'il avait ressenti, il avait accompli son voyage de retour sur ses terres, ses marques étaient imprimées à tout jamais dans sa mémoire et ils les avaient transmises à ses enfants.

Ce soir il allait pouvoir s'endormir serein et il n'en demandait pas plus. Son corps fatigué lui réclamait une bonne nuit de repos.

— Aller au lit Luciano ! dit Emilio à son petit-fils, demain on rentre à la maison.

— Oui Papi, j'ai envie de serrer maman dans mes bras, très fort ! dit malicieusement le gamin.

— Et moi alors ! Je ne compte plus ... dit le grand-père en lui tendant la main.

Luciano attrapait la main de son grand-père, se rapprochait en gigotant comme un vers, puis le serrait très fort aussi pour lui dire "Je t'aime Papi, je t'aime très fort aussi".

Le voyage du retour se fit comme à l'aller, en deux étapes, chacun prenait le temps de vivre ces petits instants, de goûter encore aux derniers bercements du train, d'être ensemble tous les trois et de rêver aux retrouvailles en Provence.

Fausto prenait le temps de rappeler à son père de multiples détails sur sa vie passée, il lui demandait comment avait réagi sa mère lorsqu'ils avaient pris tous les deux la décision de quitter le Piémont, il essayait lui aussi de reconstruire une part de son passé.

Chaque mot, chaque parole, chaque souvenir avait alors son importance, et plus qu'un voyage c'était une page qui se tournait.

Chacun à sa façon tentait de rétablir les liens avec ce passé disparu, le présent avait dans leur tête un goût de fête maintenant qu'ils avaient repris leurs marques dans ce temps de retour.

Ce train qui les balançait encore pour quelques heures les emmenait sur le chemin d'un avenir plus serein, Emilio rassasié prenait alors le temps de fermer les yeux, il laissait passer une foule d'images dans son esprit, puis se laissait aller à un léger sommeil.

Fausto et Luciano regardait ensemble défiler le paysage. Le silence troublé seulement par quelques questions du petit, avait pris place dans ce wagon où personne ne faisait le même voyage qu'eux.

Presque arrivés à la frontière, un soubresaut réveillait Emilio. Il se levait doucement, s'étirait et confiait à son fils que dans son rêve il était encore là-haut dans le Piémont, seul sur son rocher il regardait les montagnes se teinter d'orange au soleil couchant, et il se voyait aussi quelques instants plus tard main dans la main avec son fils, prendre une valise, dire au revoir définitivement à ses parents et reprendre ce beau chemin qui mène en haut au-dessus de la petite maison.

— Tu vois Fausto, parfois la réalité précède les rêves, il faut être heureux là où la vie nous emmène, il n'y a pas de question à se poser, il faut vivre. Aujourd'hui, j'ai vraiment pris conscience que mon bonheur était là où nous avons posé nos valises. Dans ma vie je n'ai pas eu l'occasion, ni l'envie de voyager loin de ma maison, mais ce voyage que vous m'avez offert c'est un grand cadeau, il restera précieux dans mon coeur à tout jamais.

— Je savais que tu aimerais faire ce retour dans ton pays avec nous, j'avais toujours eu ce sentiment que nous irions ensemble retrouver cet endroit, même pour quelques courts instants. C'était écrit ... et savoir d'où nous venons m'a aussi rassuré, m'a donné de la force pour supporter maintenant tous les éloignements, et ces distances qui nous empêchent de nous voir. J'espère simplement que tu me pardonneras d'être parti loin, ce choix des études m'a éloigné, puis le travail, puis les obligations familiales m'ont gardé loin de mes terres moi aussi. Mais tu es là et je viendrais le plus souvent possible te voir, avec l'avion maintenant je ne suis qu'à quelques heures de la Provence.

— Quelques heures qui me semblent une éternité quand je vous attends !

Emilio restait joyeux en apparence, mais savait au fond de lui que les séparations seraient de plus en plus difficiles avec l'âge, il ne verrait pas vraiment grandir son petit-fils, le dernier de la lignée.

Il avait le sentiment que quelque chose s'était perdu dans tous ces voyages, qu'il ne pouvait rien y faire, son fils ne viendrait plus jamais vivre en France et après lui personne ne pourrait plus raconter sa montagne et sa Provence comme il aimait le faire.

— Tu sais quand j'ai quitté mes parents, dit Emilio … je croyais comme toi que tout allait changer dans le bon sens, une petite lumière s'était allumée en moi, je voyais grand pour nous tous, puis tout a basculé quand ta mère est partie. La vie a pris un autre sens, je me sentais mieux à ne plus avoir à douter, ni à me confronter à ce que voulait ta maman. Nous ne nous entendions plus, c'est un fait … il valait mieux que ce soit ainsi pour moi, mais aussi pour toi qui était entre nous. Puis la vie nous a laissé le temps de choisir nos places, je suis resté seul, j'ai pris mes habitudes de vieux garçon, tu es parti pour tes études et le reste tu le connais !

Emilio soupirait en disant tout cela, c'est la première fois qu'il acceptait cette mise à nu avec son fils.

Luciano s'était lové dans les bras de son père, frottait son visage contre son épaule, il écoutait sans comprendre certainement, mais percevait que le moment était important pour son papa, il ressentait instinctivement qu'il se disait des choses importantes entre ce père et ce fils proches l'un de l'autre. Il comprenait tout cela dans les battements du coeur qu'il entendait, en enfonçant son oreille sur la poitrine de son père.

Fausto serrait un peu plus fort Luciano, le cajolait tout en regardant intensément Emilio, chacun vivait une part de l'autre dans une symbiose grandissante.

Chaque mot avait son poids, chaque phrase augmentait maintenant le sens de la vie que chacun avait menée.

Après tant d'années, tant de temps de séparation, ils se retrouvaient tous les deux devant la même problématique du temps qui passe et de l'éloignement.

— Promets-moi que tu reviendras Fausto, j'ai besoin de me raccrocher à cet espoir, je ne veux pas qu'un jour tu apprennes que je suis parti sans que nous ne nous soyons dit au revoir, promets-le !

— Je te le promets, tu sais bien que j'aime revenir, je ne peux pas tout décider et faire comme je voudrais, mais je te fais cette promesse que je serai là au moins chaque année. La Provence me manque quand je suis loin, j'y ai vécu tant de belles années avec toi, et aussi mes amis sont toujours ici. Là-bas au Montana, c'est une autre vie que je partage avec Jenna !

Tout en disant cela, Fausto s'engageait à tenir sa parole, il le savait … mais il percevait aussi toute la difficulté qu'il y a lorsqu'on est obligé de se dédoubler.

Pour son père les événements avaient été plus simples, il s'était déplacé et restant seul il n'avait pas eu d'autres choix que de faire sa vie sur le plateau du Cengle.

Pour Lui et Jenna l'amour les avait conduits hors de son pays, et la naissance du petit Luciano était encore plus une contrainte, puisqu'une autre famille de grands-parents, à l'autre bout de la planète, avait pris une part importante dans leurs fonctionnements et leurs vies.

— Regarde Luciano, c'est Marseille là-bas, tu vois on est près de la maison, tu vas pouvoir serrer maman dans tes bras !

Le train avait ralenti, entrait en gare doucement, laissant à chacun le temps de finir ce périple en rangeant doucement dans une case secrète de son esprit, les dernières images d'un voyage si symbolique.

C'était un jour de semaine, il y avait peu de monde sur les quais. Habillée d'une petite robe bleu clair à fleurs, Jenna attendait le long du quai, elle accompagnait les derniers mètres avant l'arrêt complet du wagon et tendait les bras à son fils pour l'aider à descendre.

Il lui sautait carrément dans les bras, et l'embrassait très fort comme il l'avait dit.

— Maman, maman, on a fait un beau voyage avec Papa et Papi ! J'ai vu plein de choses, je te raconterai …

Fausto prenait le relais puis après une courte effusion amoureuse, se retournait pour aider son père à descendre les valises du train.

Emilio heureux d'être enfin arrivé, franchissait avec précaution la dernière marche, il avait le sourire radieux, prenait Jenna, sa belle-fille dans les bras, la serrait tendrement comme sa propre fille et lui dit :

— Alors Jenna tout s'est bien passé à la maison ?

— Oui Papi, répondit-elle avec une joie qui faisait chaud au coeur d'Emilio, je vais vous raconter tout ce que j'ai fait, et la maison se porte bien, ne vous inquiétez pas ! Et vous tout va bien aussi ?

— Oui, nous avons passé de beaux moments ensemble, ce que nous avons fait avec Fausto et le petit c'est inoubliable, mais c'est Fausto qui te racontera, je peux seulement te dire que je suis très heureux, et je te dis encore un grand merci pour ce beau cadeau que tu m'as fait toi aussi, en me laissant partir avec eux. On faisait une belle équipe tous les trois, des fois, je riais en nous voyant, la main dans la main du plus jeune au plus vieux. Pour moi c'était comme dans un film, un vrai rêve …

De retour à la maison, Emilio savait que Jenna avait fait tout ce qui était nécessaire pour le jardin et les animaux.

Il était rassuré et en arrivant, il laissait Fausto ouvrir le portail pendant qu'il descendait de la voiture. Il les laissait tous les trois rentrer sur le chemin, puis prenait un temps infini pour regarder sa montagne.

Il retrouvait la proximité de ses falaises blanches, il sentait l'odeur des thyms et romarins, le vent léger d'Est laissait un ciel bleu vif comme il le connaissait depuis toujours lorsqu'il fait beau. Il remplissait à nouveau ses poumons de cet air qui lui apportait tant de réconfort, il se sentait de retour chez lui, sur ses terres, là où il avait choisi de vivre.

Il marchait doucement pour rejoindre la maison, ses pas lents faisait crisser le gravier à chaque pas, il y prenait plaisir.

Un criquet brun, un des derniers de la saison saluait son arrivée d'une stridulation aiguë avant de s'envoler quelques mètres plus loin.

Il avait remarqué que le jardin avait été arrosé, que les dernières salades avaient encore poussé, et que les planches de terre brune avaient été désherbées.

Jenna avait dû profiter du beau temps pour "nettoyer la terre" comme elle disait, il aimait bien cette expression.

Il arrivait sous la tonnelle, s'asseyait quelques minutes, regardait vers le poulailler, sondait le paysage au loin derrière les collines en direction de la mer et soupirant une fois de plus sans faire exprès, dit :

— Voilà, on est revenus à la maison, on est bien ici quand même !

— Oui Papi, on est bien ici, dit Jenna en sortant avec quatre verres et une citronnade qu'elle avait faite elle-même. J'ai passé quatre jours de vacances inoubliables pour moi aussi. Vous m'avez tous manqué, surtout Luciano ... mais j'ai vraiment profité de la maison et de la montagne.

— Ah oui ! Tu vas pouvoir me raconter un peu tout ce que tu as vu ici !

— D'abord j'ai préparé un petit repas à ma façon, et je vous dirai tout à table ... elle repartait vers la cuisine et laissait les deux hommes et son petit garçon, vaquer à leurs petites occupations, elle souriait en elle-même, se rappelant les détails de tout ce qu'elle avait pu faire en toute liberté.

La fin de soirée approchait, le repas préparé par Jenna était fait de légumes braisés au feu de bois, ils se sont régalés tout en parlant chacun à leur tour de ce voyage, d'anecdotes, de rires et de joies partagées.

Emilio sentait beaucoup d'affection autour de lui, il vivait intensément ce bonheur instantané.

— Et toi Jenna raconte-moi ! dit-il,

Il pensait qu'on avait suffisamment parlé du Piémont, il voulait partager aussi les bonheurs de sa belle-fille.

— Chaque jour, j'ai pris du temps pour me promener, comme vous me l'aviez dit, j'ai fait les chemins que vous aimez, et qui ne sont pas trop difficiles. Elle est belle votre montagne, elle est unique, et les gens que j'ai croisés en me promenant m'ont dit la même chose.

— Je savais que tu aimerais lui dit Emilio

Il l'écoutait attentivement et percevait dans le ton de sa voix qu'elle avait elle aussi aimé cette terre, qu'elle y avait ressenti de l'émotion.

— Tu as eu de la chance, l'automne est très beau ici, et il y a moins de monde qu'en été.

— J'ai beaucoup aimé toutes les couleurs et les ciels sont certains soirs comme en feu au-dessus de la montagne. Je n'avais jamais vu ça d'aussi près … lui dit-elle.

Elle se laissait aller jusqu'à confier ses impressions, elle lui parlait de ses découvertes au creux des chemins, elle lui disait la couleur des terres, le chant des oiseaux et tous ces parfums qu'on ne trouve pas ailleurs.

Emilio souriait, il vivait chaque détour avec elle, il sentait de mémoire, le même air qu'elle avait respiré dans ses promenades, le seul fait qu'elle lui raconte tous ces détails suffisait à le remplir de joie … Elle avait aimé sa montagne.

— Quand Luciano sera un peu plus grand, je l'emmènerai aussi faire ces promenades dit-elle, comme pour rassurer le grand-père.

— On va attendre que ses petites jambes grandissent ! Répondit malicieusement Emilio.

La nuit s'était faite discrète, elle avait doucement recouvert tout le paysage de son lourd manteau noir, les étoiles étaient apparues une à une dans le firmament, scintillantes, il était temps d'aller prendre une bonne nuit de sommeil réparateur.

— Papi, papi, regarde là-haut vers la montagne, une étoile filante !

Ils regardèrent tous vers le ciel au-dessus du "Pic des Mouches", une étoile filante traversait le ciel de l'Est vers le Sud, laissant derrière elle une grande traînée brillante.

Émerveillé, Luciano regardait le ciel, et tous s'étaient tus devant la beauté de cet instant magique.

— Vite, vite, faites un beau vœu pour qu'il se réalise c'est le bon moment ! criait Jenna.

Emilio pensait à l'intérieur de lui, à ce voyage, ce retour en Provence et souhaitait vivement que ces moments se reproduisent vite. Il était heureux. Il avait pris la main de son petit-fils, Jenna s'était serrée contre Fausto et tous les quatre firent un vœu secret tout en regardant l'étoile filée vers le Sud.

Les deux derniers jours de cette longue semaine se firent plus calmes, chacun reprenant le cours de ses habitudes, les enfants préparaient déjà leur retour au Montana.

Au cours du dernier repas avant leur départ, Emilio avouait à ses enfants tout le bonheur qu'il avait eu de passer autant de temps avec eux, et leur parlait distinctement de ce qu'il ressentait dans ses vieux jours.

C'est surtout à Fausto qu'il parlait comme pour lui transmettre un flambeau, comme pour lui donner du souffle et du courage.

— Merci encore d'avoir fait ce que tu as fait avec moi et nous tous, je reconnais ta générosité, et j'en suis fier.

— Je comprends ce que tu ressens Papa, et c'était la moindre des choses que nous nous retrouvions ainsi, c'était un besoin pour nous tous.

Pendant ces dernières heures passées ensemble, ils discutèrent longtemps de leurs souvenirs communs, de leurs origines.

Emilio certifiait à son fils que chacun avait une terre gravée au fond de son coeur et qu'il souhaitait ardemment que celle de Provence soit celle qui choisirait à tout jamais.

Il lui disait que se sentir bien sur un bout de terre, c'était plonger ses racines dans son passé enfoui, pour mieux pousser vers un avenir différent. Par analogie, il pensait vraiment que la terre nous porte, nous aide à grandir comme elle le fait pour les plantes, et que la difficulté à pousser n'exclut pas les belles odeurs et les belles fleurs.

Emilio était un poète, il avait inscrit dans ses gênes tous les souvenirs de son Piémont, avait fait sa vie ailleurs en Provence, et maintenant en quelques phrases disait à son fils combien il était heureux de vivre ici.

Il avait planté ses racines profondément sur ce plateau, et il pensait que la terre lui parlait, qu'elle avait un pouvoir sur ses pensées profondes, qu'elle marquait sa vie et celle des siens.

C'est pour cela qu'il demandait à Fausto de se souvenir, de ne jamais oublier d'où il venait.

— Quand je pense à nous tous, nous et nos amis, je vois bien que chacun est attaché à un endroit, et parfois j'ai l'impression qu'à nous tous, nous formons comme une communauté étrange, la communauté des cinq terres, elles ne nous appartiennent pas, elles nous gardent, nous élèvent, nous communiquent leurs beautés. Ce sont des choses dont j'ai déjà parlé avec tes amis Olivier et Doumé, et ils ont ce même sentiment que moi.

— C'est vrai Papa, tu as raison, je sens aussi la même chose et avec mes deux amis d'enfance, on en parlait un peu de quitter ou pas une région, une ville, et chacun disait qu'il était comme attaché à sa terre, comme si elle était la sienne. Moi j'avais le sentiment qu'on pouvait facilement changer, mais maintenant je sais qu'on est lié définitivement à un endroit, parce que c'est là qu'on y trouve son bonheur, et ce voyage m'a fait beaucoup de bien pour trouver ma place dans ce monde. Même loin d'ici, je serai toujours attaché à ta terre provençale, à la mienne maintenant !